S

Electric Delusion 2

SOMMAIRE

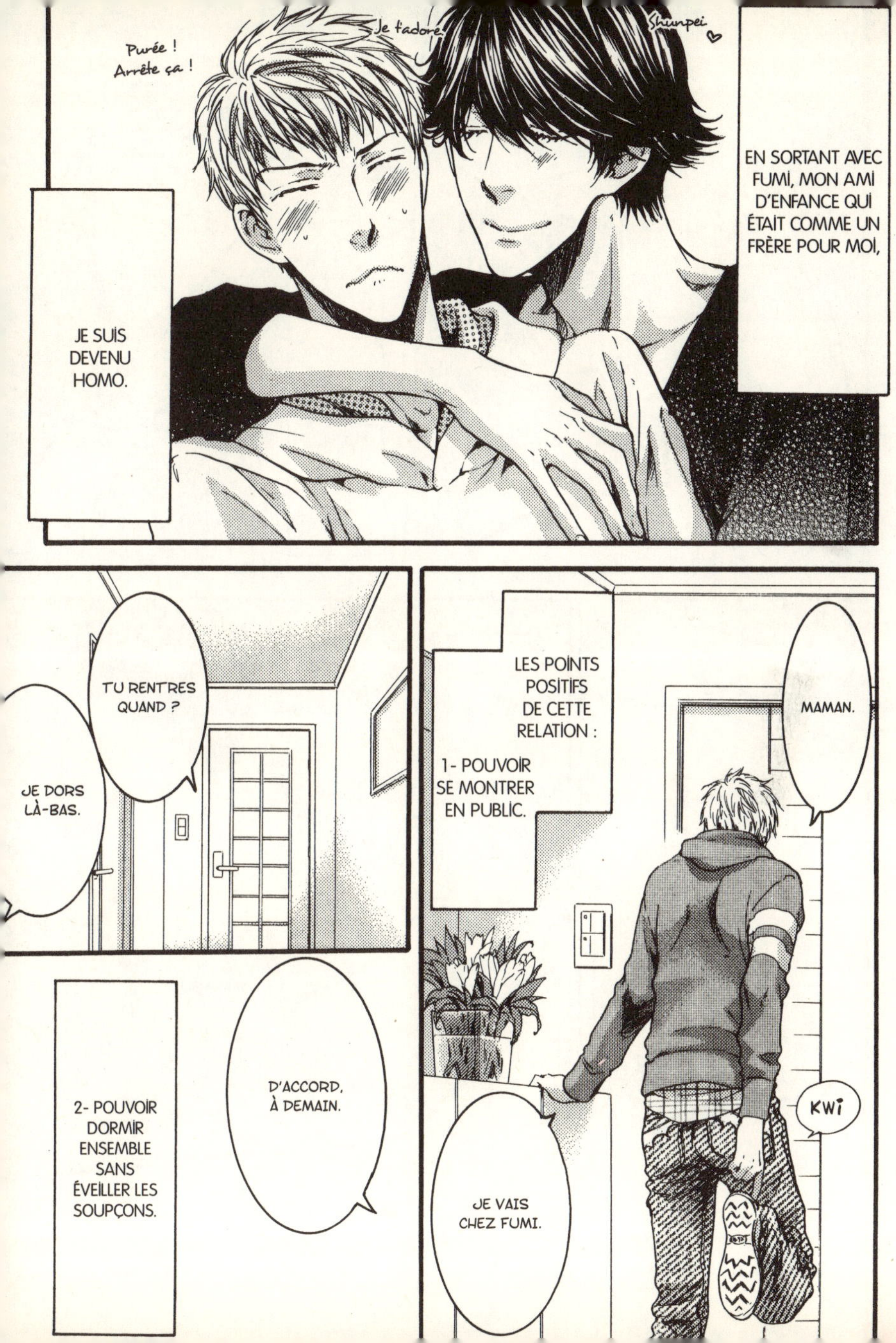

Shunpei
Je t'adore.
Purée ! Arrête ça !
EN SORTANT AVEC FUMI, MON AMI D'ENFANCE QUI ÉTAIT COMME UN FRÈRE POUR MOI,
JE SUIS DEVENU HOMO.
MAMAN.
LES POINTS POSITIFS DE CETTE RELATION :
1- POUVOIR SE MONTRER EN PUBLIC.
TU RENTRES QUAND ?
JE DORS LÀ-BAS.
KWI
JE VAIS CHEZ FUMI.
D'ACCORD, À DEMAIN.
2- POUVOIR DORMIR ENSEMBLE SANS ÉVEILLER LES SOUPÇONS.

FUMI.
REGARDE CE QUE NAKAMURA M'A PRÊTÉ.
On joue ?
3- AVOIR LES MÊMES HOBBIES.
CE JEU EST SORTI LA SEMAINE DERNIÈRE, NON ?
Bravo pour l'emprunt.
Hé Hé
IL ME DOIT HUIT SERVICES.
4- S'AMUSER SANS SE SOUCIER DU RESTE.
Haa Haa !
Tes nul !
ET QUAND ON SE SENT D'HUMEUR...
TAC

ON SE LAISSE ENVAHIR PAR LE DÉSIR.
DES AMIS AMANTS.
妄想エレキテル
ELECTRIC DELUSION ACTE.4

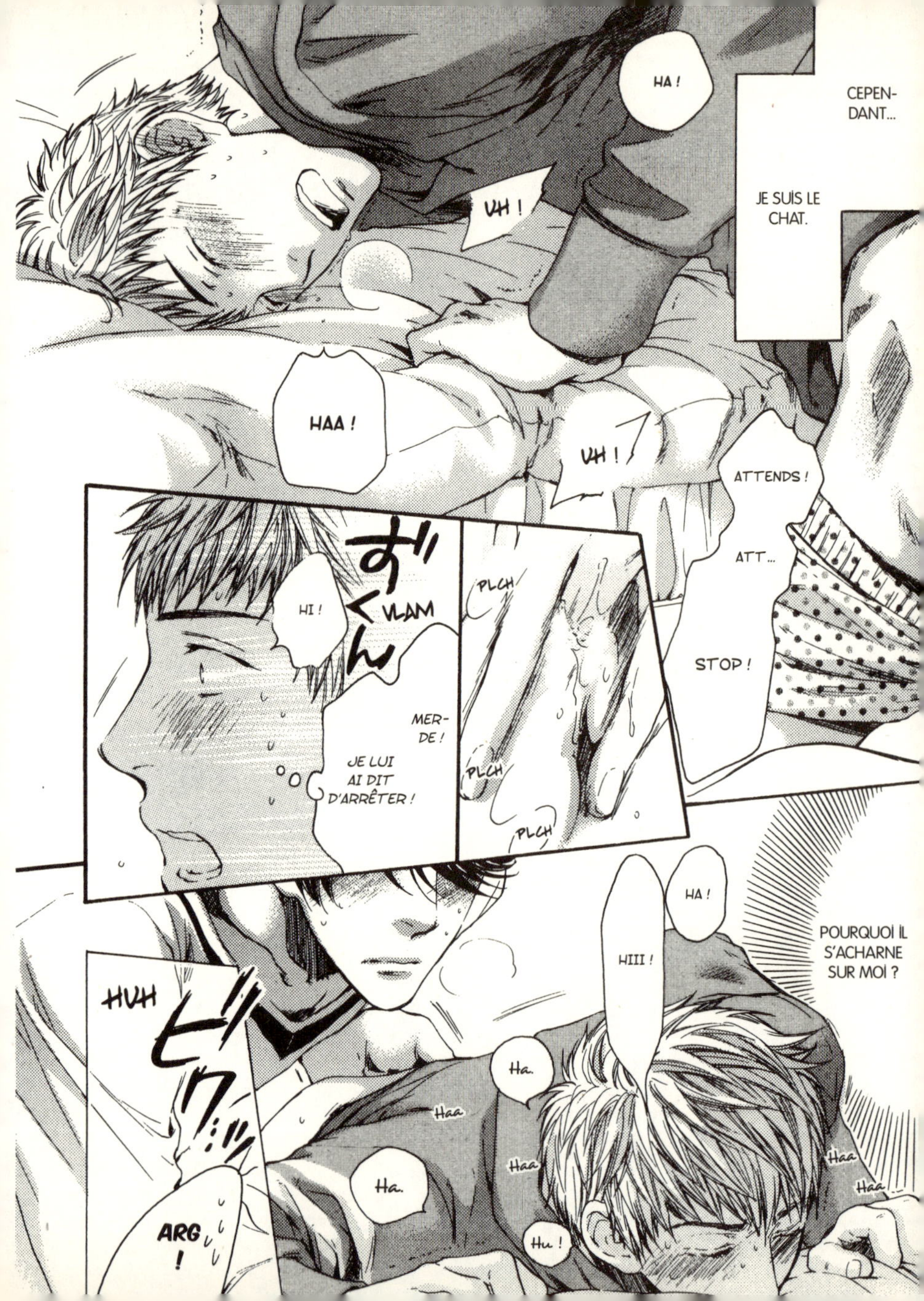
CEPEN-DANT…
JE SUIS LE CHAT.
HA !
UH !
HAA !
UH !
ATTENDS !
ATT…
STOP !
PLCH
PLCH
PLCH
MER-DE !
JE LUI AI DIT D'ARRÊTER !
HI !
ずくん
VLAM
POURQUOI IL S'ACHARNE SUR MOI ?
HA !
HIII !
Ha.
Haa
Haa
Haa
Haa
Ha.
Hu !
HUH
ARG !

Haa
...
Haa
...
AHEM
?!
HEIN ?
Haa
Haa
QUOI ?
JE REMARQUE QUE TU NE TE PLAINS PLUS.
TU T'ES HABITUÉ ?
Je trouvais ça mignon.
?!
MAIS LE GROS PROBLÈME DE NOTRE RELATION,
LA PROCHAINE FOIS, JE SERRERAI TON SEXE POUR QUE TU JOUISSES MOINS RAPIDEMENT.
JE VAIS TE TUER.
TU VEUX PAS ?
Abattu...
C'EST LE DÉSACCORD SEXUEL.

JE SUIS HEUREUX,
...
...
Pfff
MAIS QUAND IL MET SON DOIGT,
J'AI L'IMPRESSION DE PERDRE QUELQUE CHOSE EN TANT QU'HOMME.
Mais j'aime bien hein, j'aime ça... mais...
ÇA VA PAS YAMANA ?
TU AS L'AIR DÉPITÉ...
TOI TU AS L'AIR HEUREUX.
AH OUI ?
TU VEUX SAVOIR POURQUOI ?
Hu Hu Hu
!!
GRAC
C'EST ELLE !
SOIS PLUS MODESTE !
MAÎTRE KATAYAMA !
Sérieux ?
Rion !
C'est mieux.

SAGAWA EST AUSSI DES NÔTRES, ÇA TE DIT ?
On va chez moi
Hu Hu
ABSO...
LUMENT !
HA !
?
Oups...
UNE FOIS, MA COPINE M'A GRILLÉ EN TRAIN DE REGARDER UNE VIDÉO PORNO...
« JE COMPRENDS QUE TU REGARDES ÇA EN TEMPS NORMAL, MAIS LÀ, TU M'AS MOI. JE NE VEUX PLUS TE PARLER ! »
...
QUE VA DIRE FUMI ?
Hé Shunpei !
Ça y est, il est ailleurs.
« J'AI PAS DE POITRINE, TU T'ENNUIES AVEC MOI. » « À LA BASE TU ES HÉTÉRO. »
« TU AS BESOIN DE TE LÂCHER DE TEMPS EN TEMPS. »
IL VA ME DIRE PLEIN DE TRUCS CHIANTS.

BON JE NE VAIS RIEN LUI DIRE.
C'EST CE SOIR QUE TU VAS VOIR UN PORNO CHEZ KATAYAMA ?
ARGH
!
GRILLÉ
COM-MENT …
TU SAIS ?
COMME TU AS DIT À KATAYAMA DE NE PAS M'EN PARLER,
IL EST VENU TOUT ME DIRE.
RHAA ! LE CON !
POURQUOI VOULAIS-TU ME LE CACHER ?
ARF !
…

FROT
FROT
JE ME SUIS DIT QUE ÇA NE TE PLAIRAIT PAS QUE TON COPAIN REGARDE DU PORNO,
MAIS MOI J'AI TRÈS ENVIE DE REGARDER RION.
ALORS J'AI GARDÉ ÇA SECRET.
JE VOIS.
TU PENSAIS À MOI À TA FAÇON.
J'AURAIS SÛREMENT ÉTÉ FÂCHÉ QUE TU ME DISES CE QUE TU ALLAIS FAIRE.
HEIN ?!
JE PEUX ALORS ?
OUAIS.
IL A BIEN DIT « CO-PAIN ».
MUH
BEN...
JE TE COMPRENDS, JE SUIS UN MEC MOI AUSSI.
かーっ
HAA

MOUAH ♡ JE T'ADORE !
Tu me comprends ♥
OUAH !
C'EST TROP COOL DE SORTIR AVEC SON MEILLEUR AMI ♡
HA.
?
AU FAIT.
TU VEUX LE REGARDER AVEC NOUS ?
Allez viens ! ♡
JE PASSE MON TOUR.
ON LE FAISAIT SOUVENT AVANT.
PLUS ON EST DE FOUS...
Fais pas ton timide.
JE NE M'INTÉRESSE PAS AUX PORNOS CLASSIQUES...
HEIN ?
MAIS AU PORNO GAY...
DU PORNO GAY ?!
!!
Rhaa

MAIS NON, VOYONS !
JALOUSIE TOTALE.
TU VEUX DIRE QUE TU COUCHERAIS AVEC N'IMPORTE QUEL MEC ?
!!
TU M'AVAIS CACHÉ CE GENRE DE PENCHANTS PERVERS !
J'Y PEUX RIEN !
Je suis gay !
Pourquoi tu te mets en colère ?
PARFOIS JE TOMBE SUR DES FILMS OÙ LE PASSIF TE RESSEMBLE ET...
JE FANTASME SUR TOI ET SUR CE QU'ON POURRAIT FAIRE.
Haa
Ça n'excuse rien !

HAA
HAA
Gloups
BOING
...
HUM
REGARDEZ CETTE ÉNORME POITRINE !
BOING
POURQUOI FUMI N'AIME PAS ÇA ?
IL REGARDE DES PORNOS AVEC DES MECS QUI ME RESSEMBLENT...
« TU ES TIMIDE, TU NE ME LAISSES PAS TE REGARDER NI TE LÉCHER. »
« DU COUP, JE REGARDE DES PORNOS. »
QUELLE EXCUSE NULLE !

NON, MAIS SÉRIEUX QUOI !
FUMI NE FANTASME PAS SUR UNE BELLE POITRINE,
MAIS SUR UN PÉNIS SOMBRE.
PAS SUR DES FESSES MOELLEUSES,
MAIS SUR UNE GROSSE BI...
IL FANTASME SUR MOI EN PENSANT À ÇA !
LA MIENNE N'EST PAS AUSSI FONCÉE !
HEIN
OUAH !
Qu'est-ce qui se passe ??
Haa
HA
RHAA
BAH
BLAH
MER-DE !
J'AI PAS...
RÉUSSI À ME CONCEN-TRER.

BONSOIR.
...
QUE FAIS-TU ICI ?
TU ES...
Hum...
PARTI FÂCHÉ.
...
...
JE...
Claire ?
TE PRÉVIENS.
MON SEXE EST DE COULEUR CLAIRE.

JE... SAIS.
JE T'AI DÉJÀ VU SOUS LA DOUCHE.
MAIS...
L'ACTEUR QUI TE RESSEMBLE
A AUSSI UN SEXE CLAIR,
ET IL M'EXCITE.
...
...
CLAC
POURQUOI IL ME PARLE DE CET ACTEUR ?!
Aucun tact !
TU VEUX DIRE QUE TU COUCHERAIS AVEC LUI JUSTE PARCE QU'IL ME RESSEMBLE ?
HUM
HUM
...
SHUN-PEI...
...

SI TU ME LAISSAIS COUCHER AVEC TOI, JE NE REGARDERAIS PAS CES VIDÉOS.
C'EST MA FAUTE ?!
VLAM
BIM
...
FRT
DÉSOLÉ DE NE PAS ÊTRE AUSSI FACILE.
T'AS QU'À TE BRANLER EN MATANT CET ACTEUR !

ばたん
CLAC
...
Kabukichi
Réveille toi !
TCHAC
FRÉROT.
AH C'EST TOI !
......
TU VEUX LIRE LE DERNIER NUMÉRO ?
...
NON MERCI.
JE SUIS PAS D'HUMEUR.
PFF

QUOI ?
HAA !
LE BL N'ÉTAIT QU'UNE PASSADE ?
LAISSE-MOI.
JE T'AI RIEN DEMANDÉ.
...
ばたん
CLAC
IMBÉCILE DE FUMI.
QU'EST-CE QU'IL PEUT BIEN FAIRE ?
T'AS QU'À TE BRANLER EN MATANT CET ACTEUR !
...
NE ME DITES PAS...
QU'IL LE FAIT VRAIMENT ?
« IL NE PENSE QU'À LUI... »
Hum...

« IL DIT QUE JE SUIS LE SEUL À AVOIR DES PENSÉES PERVERSES. »
TAC
Haa !
« JE DEVRAIS JETER CE PSEUDO GAY,
ET LE REMPLACER PAR TOI »
VAM
GRR
GRR

BLAM
SALAUD !
CON-
NARD !
だだっ
TAP
TAP
ばーん
VLAM
C'EST
QUI...
LE PSEUDO
HOMO ?
HEIN ?
HA !
JE LE
SAVAIS !
Aha !
HA
POC
AT-
TENDS !
QU'EST-CE
QUE TU
FAIS ?

JE VAIS TE MONTRER.
S'IL TE PLAÎT, SÉPARE-TOI DE MACHIN.
EUH...
TU PEUX ME FAIRE UNE FELLATION SI TU VEUX.
Ha
Ha

DIS...
QUELQUE CHOSE.
C'EST INSUP-PORTABLE.
TU AS PEUR ?
C'EST PETIT.
UH
FRRT
JE PEUX LA FAIRE...
GROSSIR ?
AUCUNE DÉLICATESSE.
ESSAIE TOU-JOURS.

...
SLUP
HAM
UH
OU...AH !
NON...
PAS ÇA !
ARRÊTE !
GWIP
LA...
PREMIÈRE FOIS...
QU'ON ME L'A FAIT, J'AI JOUI VITE...
ET LA FILLE S'EST FOUTUE...
DE MOI.
TU NE L'AS PAS FAIT DEPUIS ?
BON.
C'EST MIGNON.
Arf

ENTRAÎNONS-NOUS ENSEMBLE.
J'Y VAIS DOUCEMENT. PRÉVIENS-MOI QUAND TU SENS QUE ÇA VIENT,
ET J'ARRÊTE.
...
J'AI ENVIE DE TE VOIR JOUIR PLEIN DE FOIS.
ALLEZ, DÉTENDS-TOI.
TAP
SLUP
SLUP
SLUP
SLUP
SLUP
Ha Ha
Ha Ha
SLUP
HA !
ARR...
FUMI.

MERDE !
SLUP
HO !
HO !
AHH... AHH...
C'ÉTAIT TROP LÀ.
Ha Ha
C'ÉTAIT TON POINT SENSIBLE ?
Ha Ha
HA... PARDON.
OUAH !
IDIOT !
OH !
TCHAC
BONNE NUIT.
OUI...
À PLUS.
Ahem

ALORS C'ÉTAIT COM-MENT ?
Pouah
OUI...
MAIS PAS JUSQU'À L'ÉPUISEMENT.
ON POURRA RECOMMENCER ?
HA HA.
DIS...
TU M'EM-BRASSES ?
NON.
Pouah
TA BOUCHE ÉTAIT SUR MON SEXE.
JE M'EN DOUTAIS.
JE ME SUIS RINCÉ LA BOUCHE.
HAN

TU VEUX QUE JE TE LE DEMANDE D'UNE MANIÈRE PLUS FÉMININE ?
Hu Hu
Smack
IDIOT.
ARRÊTE TES BÊTISES.
FRÉROT.
RENTRE, TU DÉRANGES LES VOISINS ! MAMAN...
カチャ
BAM
T'AP...
PEL...
!!

?!!
LE SON EST BLOQUÉ.
QU'...
QU'...
QU'...
QU'...
QU'EST-CE QUE ÇA VEUT DIRE ? CRACHEZ LE MORCEAU !
EN FAIT...
...
ON EST...
TU AS ENSORCELÉ FUMI, AVOUE !
RHAA
Écoute-moi, idiote !
C'EST BIEN SON GENRE DE DIRE ÇA.
Hum
ON EST ENSEMBLE...

MON...
FRÈRE...
VIT UN BOY'S LOVE POUR DE VRAI.
がばっ
BLAM
OUIIIN !!
QUAND JE ME MARIERAI,
ON ME MONTRERA DU DOIGT. « VOILÀ LA SŒUR DU PÉDÉ », QU'ON DIRA !
...
...
...
JE VEUX TOUT SAVOIR !
QUI L'A SU LE PREMIER ? QUI A FAIT SA DÉCLARATION ?
Akino...
Décide-toi, t'es contente ou traumatisée ?
C'EST MOI QUI L'AI ENTRAÎNÉ.
FUMI ! NE DIS PAS DES CHOSES COMME ÇA !
AKI...
JE SUIS VRAIMENT DÉSOLÉ.

À L'ORIGINE TU ÉTAIS HÉTÉRO.
...
C'EST VRAI QUE J'AIME PAS LES MECS,
...
MAIS TOI C'EST DIFFÉRENT.
Des amis d'enfance qui sortent ensemble,
tu parles d'un cliché !
FUMI, REVOIS TON JUGEMENT.
Viril ?
?!
JE SAIS QUE TU CROIS AIMER CE CAFARD, MAIS IL FINIRA PAR TE SOUILLER !
TU TROUVERAS UN GARÇON ACTIF PLUS BEAU ET PLUS VIRIL.
...
PLUS BEAU...
« OUI, C'EST QU'UN CAFARD. »
« TU LAISSES SHUNPEI ALORS ? »
Fumiii !
Ne m'abandonne pas !!

MAIS…
J'AIME SES DÉFAUTS.
Haa
TU DEVRAIS LE QUITTER.
IL EST ENCORE DANS SON MONDE…
…
…
…
Qu'est-ce qui s'est passé ?
SUPER ALLEGO
JE SAIS QU'IL EST SUPER BEAU, MAIS TU PEUX PAS T'EN SERVIR COMME D'UNE FILLE !
CRÉ-TINE !
C'EST LUI QUI M'A FORCÉ, J'AI RIEN DEMANDÉ !
GRR
Snif
TU T'ES SERVI DE SON POINT FAIBLE POUR LE VIOLER !
JE VAIS TOUT DIRE À MAMAN !
À TOI…
Maintenant !
Ah
VLAM
VLAM

Haa
CELUI QUI FORCE = ACTIF.
Hein ?
Ha...
Haa
C'est pas...
Ce que tu penses...
HEIN ?
HEIN ?
Imbécile !
J'Y...
CROIS PAS !
AUTOMATIQUEMENT, ÇA FAIT DE LUI LE CHAT.
NOON !!
...
Ha...
BLAM
Aki, reprends-toi !
Merde c'est moi qui vais m'évanouir !

À SUIVRE

妄想エレキテル
ELECTRIC DELUSION ACTE.5

Delusion elektel

Presented by Nekota Yonezou

Fumi and Syunpei's Love story

À MOI LE DERNIER NUMÉRO !
JE VAIS LE LIRE, VITE ♡
la la la
...
LE TROU DU BOYS LOVE
C'EST QUOI « LE TROU DU BL » ?
HOO
HAA !
NON !
HYAA
Fumi est si appétissant !
PLAF ♡
T'ES PAS IMPATIENT ?
ALLEZ VITE !
DONNE-LA-MOI !
TOUT NU.
MON FRÈRE ?
En passif en plus ?!
SCHRRTK

SHUNPEI...
METS-LA TOI-MÊME.
ÇA VA PAS ?!
VLAM がばっ
...
Ha !
(Ha !)
...
J'AI RÊVÉ ?
HO
PAS FUN DE FAIRE UN RÊVE SEXUEL AVEC SON FRÈRE.
TSS
Ouais. Ouais.
OUF, C'ÉTAIT QU'UN RÊVE.

BiM
SHIK
SHIK
HA...
...
Bon, je me brosse les dents.
PSSH
...
SHIK
SHIK
SHIK
SHIK
AKINO,
TU SAIS...
TON GRAND FRÈRE EST ENCORE VIERGE.
Hmm
BiM

ESPÈCE DE CON, LAISSE-MOI CROIRE QUE J'AI RÊVÉ !
HAA !
Arrête !
BIM
BIM
SALLE D'AUDIOVISUEL
Je t'ai entendu te disputer avec Aki ce matin.
ELLE ÉTAIT VRAIMENT FÂCHÉE.
ELLE A AUSSI DIT « JE T'INTERDIS DE LE TOUCHER ! »
« JE T'INTERDIS D'ALLER DANS LA CHAMBRE DE FUMI ! »
Haa !
Elle a menacé de tout raconter à maman si je ne tenais pas ma promesse.

Haa
BIEN FAIT !
GRR
JE VOIS QUE TU TE RÉJOUIS DE NOS MALHEURS !
C'EST TON KARMA.
Ce que j'ai semé ?
Quand j'ai fait des trucs sexuels ?
AIDE-NOUS AU LIEU DE TE MOQUER.
T'es intelligent non ?
ON RÉCOLTE CE QU'ON SÈME. TU N'AVAIS QU'À ÊTRE PLUS ATTENTIF !
J'AI UNE SOLUTION.
HEIN ?
Je le savais !
T'ES SÉRIEUX ?

METS-LA DANS UNE SITUATION EMBARRASSANTE ET MENACE-LA ENSUITE.
C'est ce qu'on appelle la loi du Talion
ÇA VA PAS ?!
MA SŒUR !
C'EST MA SŒUR !
Dis pas des choses affreuses avec le sourire.
TU PEUX PAS PARLER D'ELLE COMME ÇA !
JE PEUX LE FAIRE À TA PLACE.
PERSONNE N'EN SAURA RIEN.
IL PÈTE LES PLOMBS OU QUOI ?
...
...
DE TOUTE FAÇON, VOS PARENTS VONT VOUS Y OBLIGER.
OU ALORS VOUS VOUS SÉPAREZ.

DE FORCE ...
SE SÉPARER...
UN INSTANT.
...
...
LES PARENTS N'EN SAURONT RIEN.
AÏE !
ゴツ
ARF
JE SERAI SAGE.
ON N'Y PEUT RIEN.
Non.
Je veux rester avec toi.
POUR LE MOMENT.
ON VA AGIR COMME DE SIMPLES AMIS
ON SE FERA DES CÂLINS ICI APRÈS LES COURS.
SHUNPEI...
Il n'apprend pas de ses erreurs !
...
GRR
ON N'EST PAS OBLIGÉS D'ÊTRE DANS TA CHAMBRE.
SHUNPEI !
イチャ CÂLIN
イチャ CÂLIN
BIP

Date 5/20
From PETITE SŒUR
Sub AUCUN
TON COUVRE-FEU EST À 16H
SINON JE DIS TOUT !
ET T'AS PAS INTÉRÊT À FAIRE
DES CHOSES DEHORS !
返信
MULTI
...
ET MERDE !
Ha Ha Ha Ha !
SI C'ÉTAIT UN GARÇON, ON S'ENTENDRAIT BIEN, JE PENSE.
TCHAC
OUAH ♡
TU ME REÇOIS ?
OUI, OUI, TRÈS BIEN ♡
SHIK
JE RETOMBE EN ENFANCE.
À toi.

ON SE PARLAIT SOUVENT AVEC LE TALKIE-WALKIE.
À toi.
SHIK
Oh là là !
C'est trop marrant
JE SUIS TOUT EXCITÉ...
COMME LE JOUR OÙ ON LES A ACHETÉS.
À toi.
SHIK
HÉ TOI !
QU'EST-CE QUE TU FAIS ?
HEIN ?
....
ÇA S'ENTEND À TA VOIX.
À toi.
TU M'AS INTERDIT D'ALLER CHEZ FUMI,
ALORS ON SE PARLE PAR TALKIE-WALKIE.

TAP
GRR
PFF
SHIK
QU'EST-CE QU'IL Y A ?
?
Hum
J'EN SAIS RIEN.
?
AKINO EST ARRIVÉE PUIS REPARTIE L'AIR ÉNERVÉ.
À toi.
TAP
TAP
TAP
VLAN
uh
A... AÏE !
JE TE PRÊTE CE BOUQUIN !
ÉTUDIE-LE ATTEN-TIVEMENT !
ÇA VA PAS ?
HA ?
QUOI ?

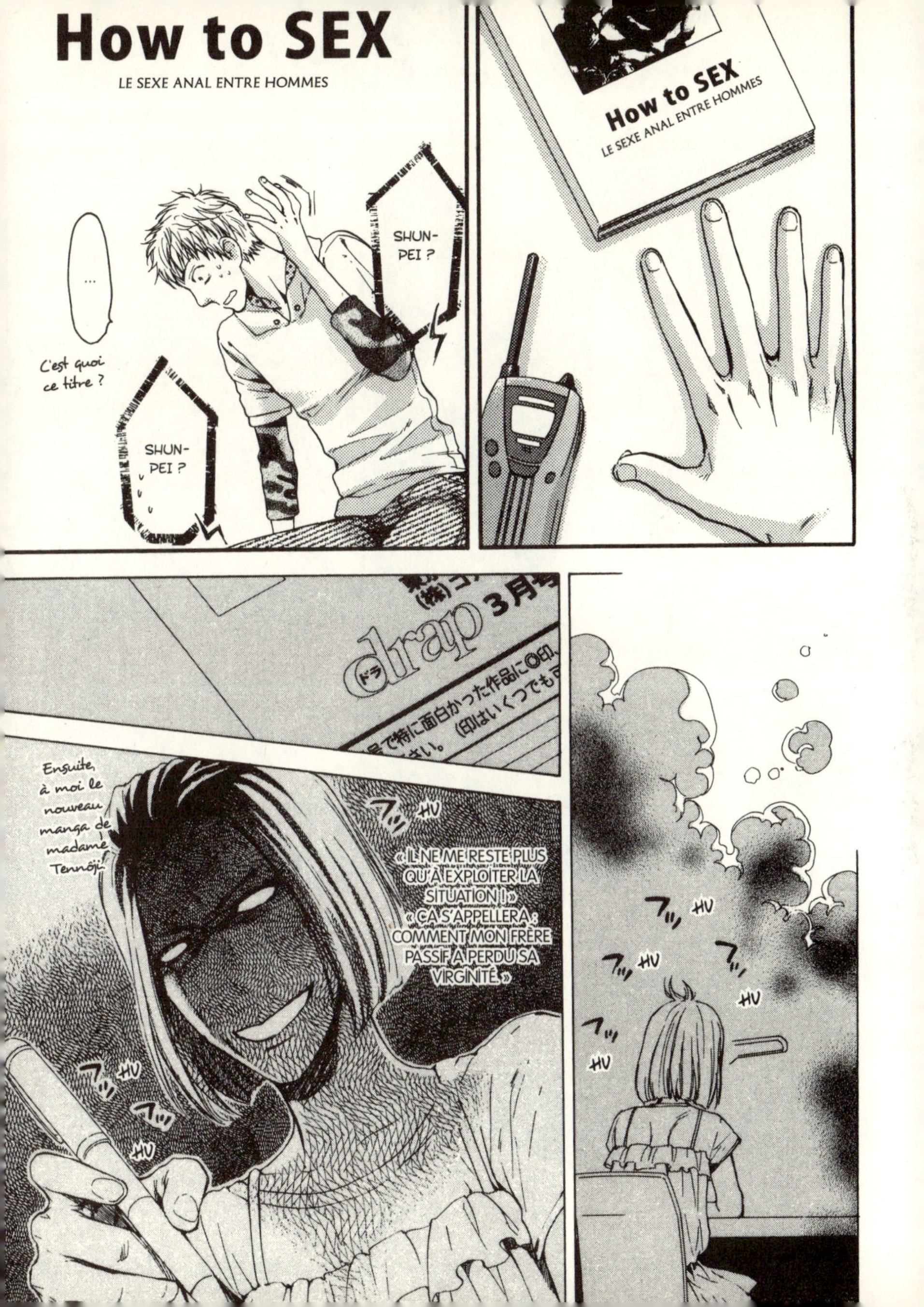
How to SEX
LE SEXE ANAL ENTRE HOMMES
How to SEX
LE SEXE ANAL ENTRE HOMMES
SHUN-PEI ?
...
C'est quoi ce titre ?
SHUN-PEI ?
HU
HU
HU
HU
drap
Ensuite, à moi le nouveau manga de madame Tennôji !
HU
« IL NE ME RESTE PLUS QU'À EXPLOITER LA SITUATION ! »
« ÇA S'APPELLERA : COMMENT MON FRÈRE PASSIF A PERDU SA VIRGINITÉ. »
HU
HU
HU

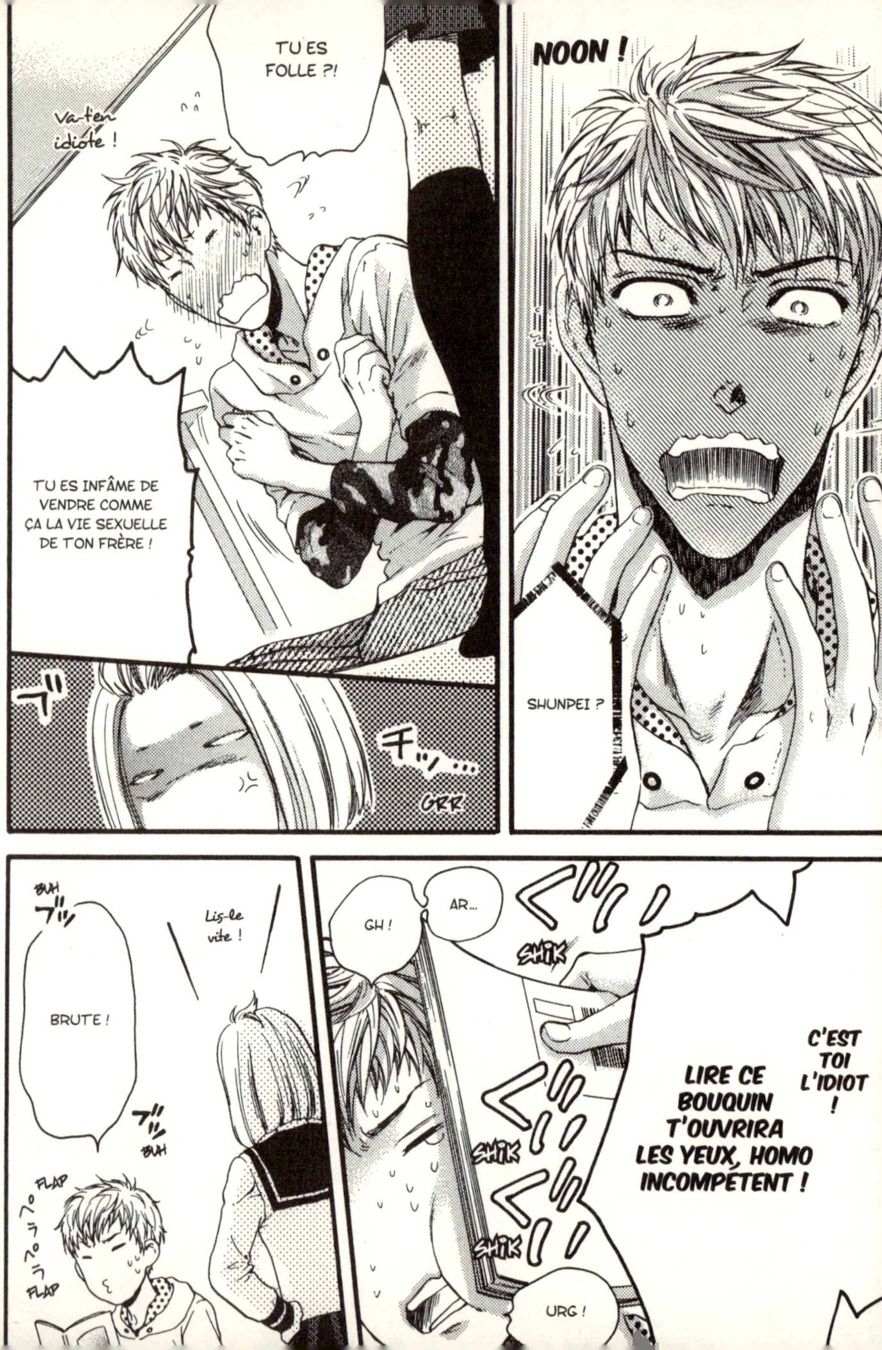
NOON !
SHUNPEI ?
TU ES FOLLE ?!
Va-t'en idiote !
TU ES INFÂME DE VENDRE COMME ÇA LA VIE SEXUELLE DE TON FRÈRE !
GRR
AR...
GH !
SHIK
C'EST TOI L'IDIOT !
LIRE CE BOUQUIN T'OUVRIRA LES YEUX, HOMO INCOMPÉTENT !
SHIK
SHIK
URG !
BUH
Lis-le vite !
BRUTE !
BUH
FLAP
FLAP

PRÉPARATIFS ?
LE SEXE ENTRE HOMMES DIFFÈRE DU SEXE ENTRE HOMMES ET FEMMES.
IL NÉCESSITE QUELQUES PRÉPARATIFS.
1- LUBRIFIANT
VOUS TROUVEREZ DES PRODUITS EN PHARMACIE.
LUBRIFIER L'INTÉRIEUR PENDANT 10 À 15 MIN.
...
SI VOUS N'AVEZ PAS L'HABITUDE
SI LA PÉNÉTRATION EST DIFFICILE.
...
C'EST UN MOYEN FACILE POUR UNE RELATION
STIMULER LA MEMBRANE RECTALE
2- FAITES LE LAVEMENT DANS LA SALLE DE BAINS
...
...
SOUS LA DOUCHE LA PEAU EST SENSIBLE
...
BRR
BRR
BRR
C'est de la fiction, hein ?
AKINO...
SF...
NON, TOUT EST VRAI.
HII !

TU VAS DEVOIR TE RÉSIGNER À FAIRE CE GENRE DE CHOSES,
À CHAQUE FOIS !
À CHAQUE FOIS ?!
C'EST PAS VRAI !
Je...
PEUX PAS FAIRE ÇA.
Pff
D'ABORD IL FAUT SE PRÉPARER PSYCHOLO-GIQUEMENT,
ET MAINTENANT PHYSIQUEMENT ?

TU SÈCHES SANS PRÉVENIR ?
ギク…
HUH
TU VOULAIS PAS FAIRE DES CÂLINS ?
J'AIME BIEN ÊTRE UN PEU SEUL.
SUP
TU VEUX ENCORE RESTER SEUL OU JE PEUX ?
C'EST BON.
…

IL S'EST PASSÉ...
QUELQUE CHOSE AVEC AKI ?
NON, RIEN...
DE SPÉCIAL.
JE TE CONNAIS BIEN DEPUIS TOUTES CES ANNÉES.
...
FUIT FUIT
TAP

CÂLIN ?
UH
MAIN...
TENANT ?
HA...
OUI...

COMME TU DOIS RENTRER JUSTE APRÈS LES COURS.
JE SAIS, MAIS...
LE LIVRE...
...
BON...
SMACK
PINCH
Ha !
OUAH !
D'HIER...
CLIP
ZIP
ZIP

さく
HEIN...
HAM
...
する...
FRTT
OUAH !
ARRÊTE !
!
POUR...
POURQUOI ?
BAM
HA !

JE...
PEUX PAS LE FAIRE...
JE PEUX PAS ÊTRE LE CHAT.
...
Hum
C'EST UN PEU TARD...
POUR ME DIRE ÇA.
HYA
EUH...
GNAP
JE T'AVAIS PRÉVENU. JE NE TE LAISSERAI PAS T'ENFUIR.

JE ME FICHE DE TA SŒUR ET DE TES PARENTS.
J'AI PAS L'INTENTION DE TE LAISSER T'ÉCHAPPER.
BLAM
ATTENDS... UN PEU.
IL SE GOURE.
Haa
JE VOULAIS ATTENDRE...
QUE TU SOIS SÛR DE TOI, MAIS...
DODOM
HEIN ?
OUAH !

ATTENDS !
Uh !
HI…
PAF
Ha !
Ha !
HA !
PARDON…
ÇA VA ?
TU ÉTAIS PRESSÉ DE PERDRE TA VIRGINITÉ AVEC LA PREMIÈRE FILLE VENUE,
HEIN ?
MAIS TU NE PEUX PAS LE FAIRE AVEC MOI !

TU PEUX COUCHER AVEC DES FILLES MÊME SI C'EST PAS SÉRIEUX,
MAIS TU NE VEUX PAS QUE JE TE TOUCHE.
TU NE PEUX PAS M'AIMER PARCE QUE JE SUIS UN HOMME.
...
NON...
JE NE SUIS PAS PRÊT, C'EST TOUT.
JE DOIS LUI DIRE
QUE JE VEUX BIEN.
ムカ GRR
ムカ GRR
MAIS...
ムカ GRR
TAIS-TOI !
C'EST TOI QUI AS DIT QUE TU NE FERAIS PAS LE CHAT !

TU N'AS PAS LE DROIT DE ME FAIRE DES REPROCHES !
ÇA Y EST, JE L'AI DIT.
ENFIN ...
IL N'A PAS TOUT À FAIT TORT.
PEU IMPORTE LA RAISON
QUI M'EMPÊCHE DE FAIRE L'AMOUR AVEC LUI.
AU FINAL, JE NE SUIS PAS SÛR DES SENTIMENTS QUE J'AI POUR LUI.
ÇA M'A FAIT MAL.
QUAND J'ÉTAIS AU COLLÈGE,

S'il te plaît, s'il te plaît, je veux seulement essayer.
JE SUIS SORTI AVEC MAYU, UNE FILLE QUE J'ADORAIS.
J'ÉTAIS LE SEUL À L'AIMER ET À AVOIR ENVIE D'ELLE.
« JE SUPPOSE QUE JE N'AI PAS LE CHOIX. »
QUAND ELLE A DIT OUI, J'ÉTAIS LE SEUL À ÊTRE EXCITÉ.
CEPEN-DANT,
QUAND JE M'EN SUIS RENDU COMPTE...
« ATTENDS UN PEU. »
« QU'EST-CE QUI TE PREND ? »
« DÉSOLÉE. »
« FAUT CROIRE QUE JE N'AI PAS DE SENTIMENTS POUR TOI. »
J'AI ÉTÉ...
SI CHOQUÉ...

« NE T'INQUIÈTE PAS. »
« UN JOUR, TU TROUVERAS UNE PERSONNE QUI T'AIME AUTANT QUE TU L'AIMES. »
HOUAAH
... ...
ET MAINTENANT, FUMI...
DOIT ÊTRE EN TRAIN DE PLEURER DANS SA CHAMBRE COMME MOI À L'ÉPOQUE.
« POURQUOI ÇA M'ARRIVE À MOI ? »
« SHUNPEI, JE M'EXCUSE ALORS NE ME PLAQUE PAS »
...
UH
PARDON, JE VAIS AVOIR 20 MIN DE RETARD.
バタバタ
TAC
TAC

ひょこ
HO
LE KARAOKÉ EN FACE DE LA GARE ?
?
OUI.
NE M'ATTENDEZ PAS.
CLAC
ALLEZ !
AU KARAOKÉ ?
ELLE RENTRERA TARD.
ピンポーン
DING DONG
SHUNPEI.
YO.
SE RÉCONCILIER...
SE RÉCONCILIER

HEIN ?
TA SŒUR T'AVAIT PAS INTERDIT DE VENIR ICI ?
HEIN ?!
ELLE EST AU KARAOKÉ.
QU'EST-CE QUE TU FAIS LÀ ?
Hum.
JE PROFITE DE TON ABSENCE.
GRR
ALLEZ.
L'AMANT DOIT RENTRER.
Le quoi ?
Oh hisse !
RENTRE ! RENTRE !

À PLUS.
UTILISE CE QUE JE T'AI APPORTÉ.
TAP
PRÉSIDENT...
Ha
DE QUOI IL PARLE ?
GRII
OUAH !
FAIS PAS GAFFE.
TU LE CONNAIS,
IL PARLE POUR NE RIEN DIRE.
GRR
GRR
ILS ONT MANGÉ DES POCKY ?
ET JOUÉ ?
ÇA NE ME FAIT PAS RIRE.
VOUS ÉTIEZ QUAND MÊME ENSEMBLE.
GWIP

TU SAIS, ON N'A RIEN FAIT MÊME QUAND ON ÉTAIT ENSEMBLE.
...
C'EST... VRAI...
PARDON.
...
C'EST PARCE QUE JE T'AI DIT QUE JE NE VOULAIS PAS QUE TU ME PÉNÈTRES ?

TU COUCHERAIS VRAIMENT AVEC N'IMPORTE QUI !
CLAC

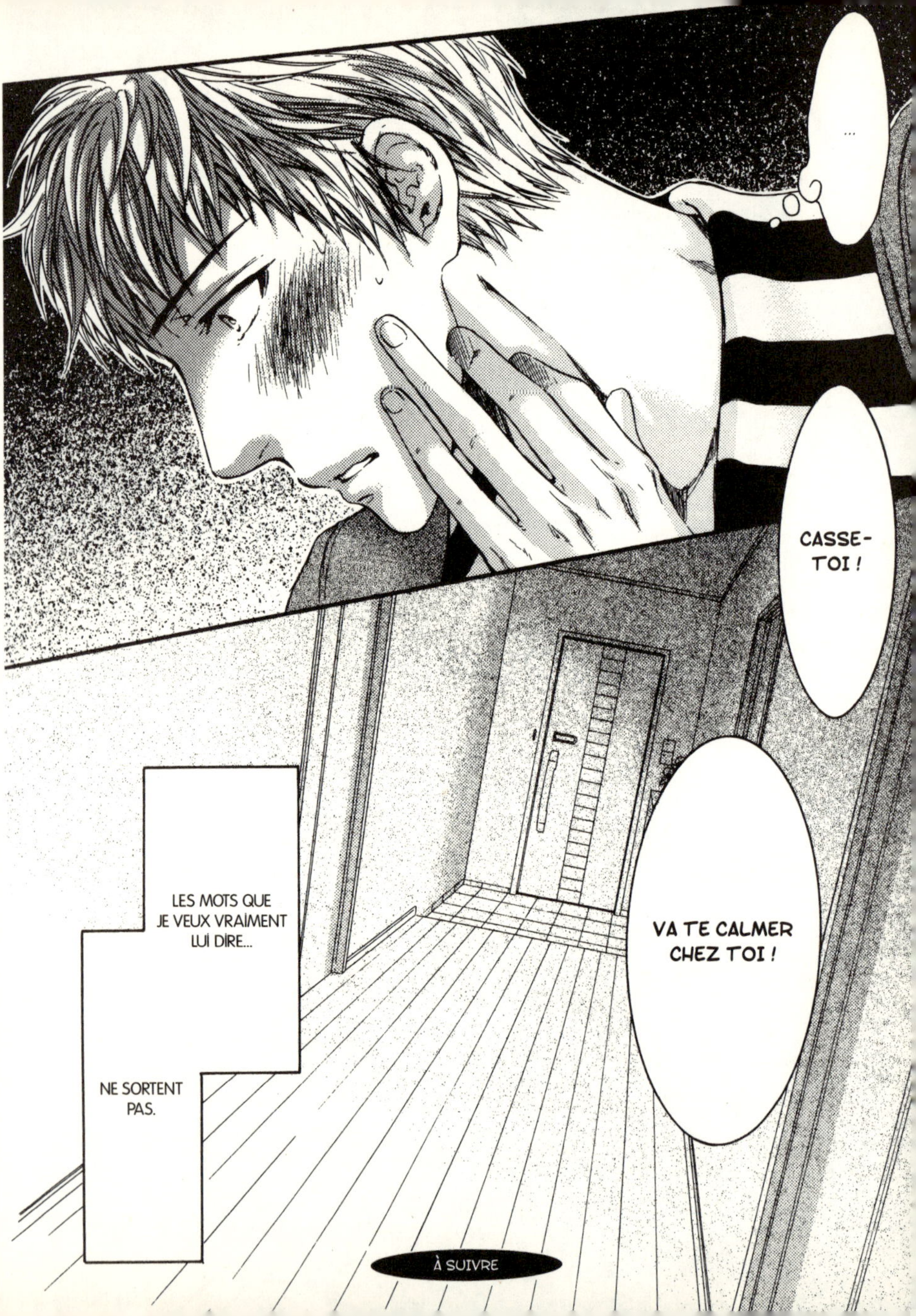
...
CASSE-TOI !
VA TE CALMER CHEZ TOI !
LES MOTS QUE JE VEUX VRAIMENT LUI DIRE...
NE SORTENT PAS.
À SUIVRE

PENDANT CE TEMPS SATO-NAKA...
妄想エレキテル
ELECTRIC DELUSION ACTE.6

« TU COUCHERAIS VRAIMENT AVEC N'IMPORTE QUI ! »
LA JALOUSIE...
ME FAIT DIRE DES CHOSES QUE JE NE PENSE PAS.
ザ
SHLAAA
HA...
C'EST LA PREMIÈRE FOIS...
QU'IL ME GIFLE AUSSI FORT.
OH !
KSS
QU'EST-CE QUE T'AS ?
...

HA ! TU AS PROFITÉ DU FAIT QUE JE NE SOIS PAS RENTRÉE...
TSS
KWIK
POUR ALLER CHEZ FUMI.
Regarde-moi !
LA FERME ! JE CONNAIS AUCUN FUMI !
?
...
VOUS VOUS ÊTES ...
DISPUTÉS ?
Il l'ignore.
SHIK
SHIK
...
TU AS ENCORE DIT UNE BÊTISE C'EST ÇA ?
C'EST DÉJÀ FINI ENTRE VOUS ?
PLOC
TU DIS DES CONNERIES DÈS QUE TU T'ÉNERVES.
LA FERME !
HEIN
!
Oui...

GRR
GRR
BAM
!
T'ES PAS SA BELLE-SŒUR QUE JE SACHE !
JE VEUX PLUS PARLER DE LUI.
HEIN ?
VOUS VOUS ÊTES VRAIMENT DISPUTÉS ?
SHIK
SHIK
SHIK
JE LE SAIS MIEUX QUE PERSONNE.
VOUS...
VOUS ÊTES ENCORE DISPUTÉS ?
Ça arrive souvent.
がつ MIOM
がつ MIOM
がつ MIOM
...
Tu viens dans mon équipe ?
Je peux ?
KSS

HÉ YAMANA !
TU RENTRES SEUL ?
VOUS VOUS ÊTES EMBROUILLÉS APRÈS MON DÉPART ?
TAP
HUM...
DING DONG

C'EST QUOI CETTE TÊTE ?
TU T'ES TROMPÉ DE PORTE ?
POURQUOI TU ES ICI ?
TAIS-TOI ET FAIS-MOI RENTRER.
RHAA
TU AVAIS L'AIR DÉPRIMÉ ALORS JE SUIS VENU ME MO... TE RÉCONFORTER.
T'ALLAIS DIRE « ME MOQUER DE TOI » !
RENTRE CHEZ TOI MAINTE-NANT !
BIM
TU DÉRANGES LES VOISINS À CRIER COMME ÇA.
PARDON.
SHIK
TIENS, UN CADEAU.
IL M'A FRAPPÉ AVEC ÇA.

MERCI BEAUCOUP.
SHAL
TU LE CONNAIS,
IL PARLE POUR NE RIEN DIRE.
...
ENCORE À SE MÊLER DE MA VIE...
HUU
GÉNIAL LE TITRE !
Ha Ha Ha
JE VOIS QUE TU ÉTUDIES LA QUESTION.
NYA
NYA
Comme un homme
How to SEX
LE SEXE ANAL ENTRE HOMMES
MA SŒUR M'A FORCÉ.
VAM
HUM !
Tu l'as lu non ?
OUI.
MAIS J'AI EU PEUR, C'EST TROP RÉEL TOUT ÇA.
HAA ! IL A TROUVÉ LE LIVRE.

JE VOIS...
LE PASSIF PREND TOUJOURS PLUS QUE L'ACTIF.
OUI C'EST ÇA !
L'ANUS N'EST PAS UN ENDROIT DANS LEQUEL ON INTRODUIT DES CHOSES.
TOUT À FAIT.
J'AI ENTENDU DIRE QUE ÇA POUVAIT CRÉER DES HÉMORROÏDES.
QUOI ?
MAIS !
LORSQU'UN MEC COMME FUMIHIRO S'EXCITE, IL EST CAPABLE D'ÊTRE VIOLENT.
SI TU AS UNE DÉCHIRURE, IL FAUDRA OPÉRER OU METTRE UN PLUG.
C'est affreux.
Moi je suis pas aussi maladroit.
ATTEND UN PEU !
DEPUIS TOUT À L'HEURE...
HEIN ?

TU DIS DES CHOSES HORRIBLES.
IL N'Y A RIEN DE BIEN DANS L'AMOUR GAY.
C'est quoi un plug ?
T'AS RIEN D'AUTRE À DIRE ?
DES TRUCS POSITIFS ?
HEIN ? POURQUOI ?
Tu veux que je te dise des trucs sympas ?
HU HU HU
IL SE FOUT DE MOI...
BARRE-TOI !
NON, JE VEUX DU THÉ.
HA...
FUMI !

...
BONSOIR AKI.
BONSOIR.
...
TU ES... FÂCHÉ...
CONTRE MOI ?
POURQUOI ?
BEN, VOUS VOUS ÊTES SÉPARÉS...
PAR MA FAUTE.
EUH...
CE MATIN MON FRÈRE ÉTAIT FURIEUX. TOI AUSSI TU DOIS M'EN VOULOIR.

JE SUIS CONTENTE...
QUE TU ME PARLES NORMALEMENT.
DING
ALORS...
SHUNPEI EST...
VOIIIM
OUI, QUOI ?
NON, RIEN.
E-MAILS REÇUS
FUMI
BIP BIP
PAC
HUMPH
IL VEUT SAVOIR SI JE SUIS CALMÉ ?

HEIN ?!
BOBOM
ON N'EST PLUS ENSEMBLE ?
DE QUOI IL PARLE ?!
DING DONG
DING DONG
DING DONG
J'AI PAS ENVIE QU'ON SE SÉPARE.
En lisant ton e-mail.
J'étais... J'étais... sidéré...
IMBÉCILE, C'EST À MOI DE DIRE ÇA !

MAIS AKI...
...
Ha...
BON.
SI TU VEUX TOUJOURS DE MOI,
HA.
JE...
VEUX BIEN FAIRE LE CHAT.
TU POURRAS ME FAIRE L'AMOUR...

COMME À UNE FILLE.
BOBOM
HEIN ? QUOI ?
J'AI EU...
UNE HALLUCINATION AUDITIVE ?
?
J'AI BIEN ENTENDU ? TU VEUX BIEN FAIRE LE CHAT ?
OUI.
QU'EST-CE QUI T'ARRIVE ?
L'ILLUSION PREND LE PAS SUR LA RÉALITÉ.
MAIS TU ÉTAIS CONTRE !
POUR TOI JE FERAIS N'IMPORTE QUOI.
J'AVAIS PEUR C'EST TOUT.
OUAAAH

JE COMPRENDS QUE TU NE VEUILLES PAS FAIRE LE CHAT, CAR TU ES UN HOMME.
MAIS J'AVAIS PEUR QUE TU ME DISES NON, CAR MOI AUSSI J'EN SUIS UN.
J'AVAIS PEUR.
HA...
TU PEUX COUCHER AVEC DES FILLES MÊME SI C'EST PAS SÉRIEUX,
MAIS TU NE VEUX PAS QUE JE TE TOUCHE !
JE NE PENSE PAS QUE ÇA PUISSE CONTINUER COMME ÇA.
JE SAIS QU'UN JOUR TU TROUVERAS UNE PERSONNE À AIMER.
C'EST LA VIE.
« NE T'INQUIÈTE PAS. »

« UN JOUR, TU TROUVERAS UNE PERSONNE QUI T'AIME »
« AUTANT QUE TU L'AIMES. »
« AUTANT QUE JE L'AIME... »
PROUVE-MOI...
QUE TU M'AS AIMÉ.
RIEN QU'UNE FOIS.
NON...
TU ES SÉRIEUX.
Ha Ha...
C'EST VRAI.
EXCUSE-MOI.
SUP
C'EST MOI...
QUI DOIS ME CALMER.

FUMI !
VAM
IL EST SÉRIEUX !
OU... OUI ?
ATTENDS-MOI !
HA...
T'ENFERME PAS.
がちゃ
YEAH
JE REVIENS.
HAP
HAP
CLAC
...
PEUT-ÊTRE...
QUE TU M'AIMES VRAIMENT.
PEUT-ÊTRE QUE J'AVAIS DES DOUTES...
C'EST PAS GRAVE...
SI JE FAIS PAS LE CHAT ?

バタン
CLAC
IL M'AIME...
MAIS IL NE CÉDERA PAS MALGRÉ TOUT.
薬局
ow to SEX
ALLEZ !
UNE HEURE PLUS TARD
C'EST PARTI.
ばたんっ
VLAM
HEIN ?
PAS DE « HEIN ? » QUI TIENT !

TU FOUS QUOI PENDANT QUE MOI JE ME PRENDS LA TÊTE ?
Je t'ai dit d'attendre !
ÇA M'A PRIS PLUS DE TEMPS QUE PRÉVU !
J'Y PEUX RIEN, C'ÉTAIT LA PREMIÈRE FOIS POUR MOI.
Pardon.
J'AI CRAQUÉ AU BOUT DE 30 MIN.
QU'EST-CE QUE T'AS FAIT ?
?
...
KHAAA
IM...
IMBÉCILE !
LES PRÉPARATIFS
DU CHAT...
C'EST PAS DU GÂTEAU.
Faut faire plein de trucs.

SHIK
J'AI ÇA AUSSI.
C'EST UN CADEAU DE SATONAKA.
HA...
Il est venu jusqu'ici pour me les apporter.
HA...
...
PLIC
HEIN ?
GWU

TU ES SÛR ?
OUI...
JE ME SUIS BIEN PRÉPARÉ.
NE T'INQUIÈTE PAS.
JE ME SUIS FAIT TOUT PROPRE POUR TOI.
MON CŒUR AUSSI EST PRÊT.
ずる
SLIP

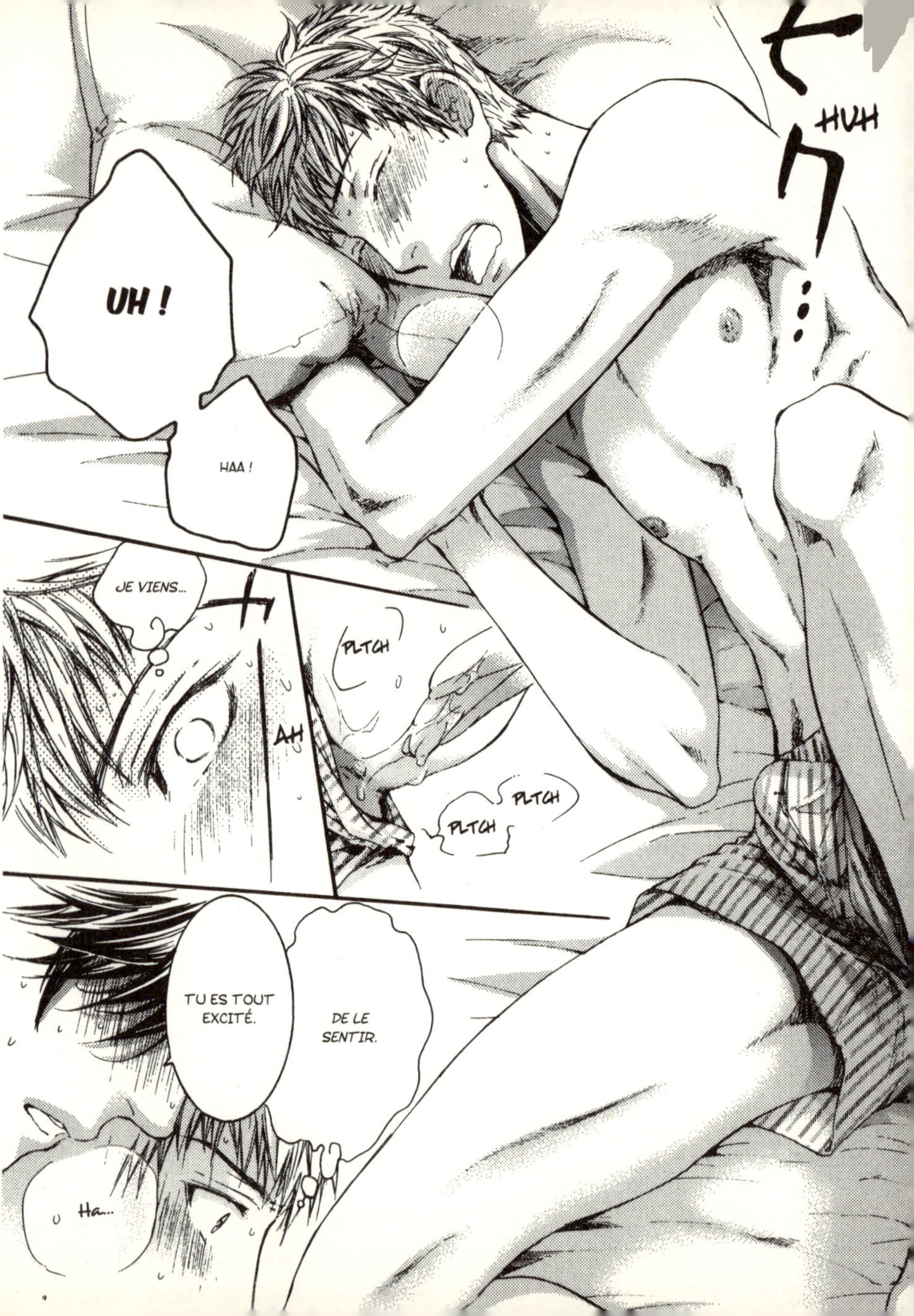
ヒク…
HUH
UH !
HAA !
PLTCH
PLTCH
PLTCH
AH
JE VIENS...
DE LE SENTIR.
TU ES TOUT EXCITÉ.
Ha...

C'EST DE TA FAUTE !
HAA
JE...
PEUX...
ENTRER ?
Ha...
Ha...
Ha...
BOBOM
J'AI CHAUD !
BOBOM
HI !
PLOTCH
FIT
TU VOIS...
J'Y VAIS DOUCEMENT.
ÇA RENTRE TOUT SEUL.
PLITCH
PLOUTCH
FIT
Ha...
J'AI MAL...
HAN

PARDON.
VLAM
Haa
Haa
TU AS EU MAL ?
Ha
HU
HAN
!
HAN
PLICH
PLICH
HAM
Hi...
J'AI...
MAIS C'EST BLOQUÉ...
N'ENTRE PAS PLUS !
?
Ha !
TOUT VA BIEN.
Ha !
EUH... UNE...
DÉCHI-RURE ?
FRRT
HAM
PLOUTCH

DÉTENDS-TOI.
MAIS...
QU'EST-CE QUE T'AS ?
Haa
Haa
D'APRÈS SATONAKA, JE DEVRAIS...
ME FAIRE OPÉRER...
SI J'AI UNE DÉCHIRURE.
HUH
JE SAIS QU'IL BLAGUE SOUVENT,
MAIS J'AI PEUR...
QUE CE SOIT VRAI.
ENSUITE...
IL M'A DIT...
CROC
AÏE !
ARRÊTE...

DE PARLER D'UN AUTRE MEC QUAND TU FAIS L'AMOUR AVEC MOI !
PA...
R...
DON.
OUAH
LE VISAGE...
DÉCIDÉ DE FUMI...
FAIT...
BATTRE MON CŒUR.
HAN
HUAH
(GOUIT)
FLL

!
UH !
SLUP
SLUP
Ha
IL ME MET SON MACHIN TOUT CHAUD POUR DE VRAI !
J'aime pas trop ça.
Ha
HAN
FAP
FAP
HA
AH !
PLOUTCH
Ha
VLAM
Haa
J'Y ARRIVE PAS.
Haa

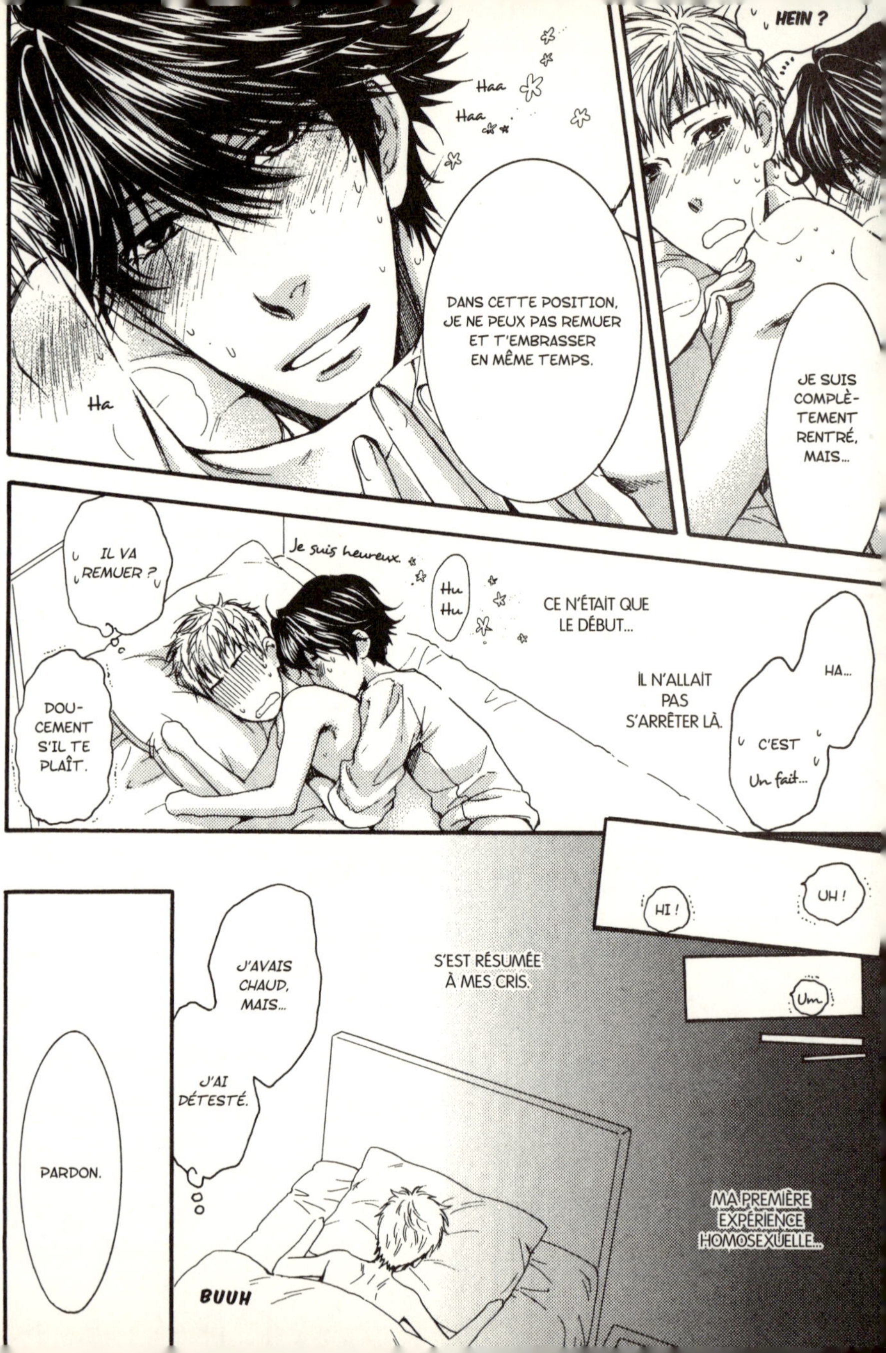
HEIN ?
...
JE SUIS COMPLÈTEMENT RENTRÉ, MAIS...
Haa
Haa
DANS CETTE POSITION, JE NE PEUX PAS REMUER ET T'EMBRASSER EN MÊME TEMPS.
Ha
HA...
C'EST Un fait...
IL N'ALLAIT PAS S'ARRÊTER LÀ.
CE N'ÉTAIT QUE LE DÉBUT...
Hu Hu
Je suis heureux.
IL VA REMUER ?
DOUCEMENT S'IL TE PLAÎT.
UH !
HI !
Um
MA PREMIÈRE EXPÉRIENCE HOMOSEXUELLE...
S'EST RÉSUMÉE À MES CRIS.
J'AVAIS CHAUD, MAIS...
J'AI DÉTESTÉ.
BUUH
PARDON.

JE SUIS LE SEUL...
À AVOIR EU DU PLAISIR.
ÇA VA.
TU M'AS SUCÉ À LA FIN.
OUI...
EUH... LES FILLES AUSSI...
ONT MAL LA PREMIÈRE FOIS.
MAIS AU BOUT D'UN MOMENT,
ELLES FINISSENT PAR AIMER ÇA.
GRR
GWIP
AÏE !
PAR-DON...
TU AS EU SI MAL ?
WOOSH

TU ME PARLES DE TON EX, LÀ ?
SI TU ME REPARLES D'ELLE, TU ME TOUCHERAS PLUS !
DÉSOLÉ.
QU'EST-CE QUI TE FERAIT PLAISIR ?
DODO.
TU N'AS PAS SOIF ?
SI.
TU VEUX UNE GLACE ?
OUI.
チュン CUI
チュン CUI

BANDE D'HYPOCRITES !
NON SEULEMENT VOUS VOUS ÊTES RÉCONCILIÉS EN SECRET,
MAIS EN PLUS VOUS L'AVEZ FAIT, C'EST ÇA ?
VOUS AVEZ COUCHÉ !
COMMENT...
Tas su ?
Tu rayonnes...
DU JOUR AU LENDEMAIN !
Haa
IM...
JE PARLE DE FUMI !
AH !

JE M'EXCUSE... AKI...
TU PEUX LE DIRE À NOS PARENTS SI ÇA TE CHANTE.
Aki...
JE POURRAIS JAMAIS FAIRE ÇA,
ILS RISQUERAIENT DE M'INTERDIRE DE TE VOIR !
ÇA SERAIT TROP NUL !
PARDON.
FUMI...
Ouiiin...
EXCLU.
...
ÇA ALORS, VOUS L'AVEZ FAIT !
C'est pas marrant.
....
COMMENT TU SAIS ?!
FUMI RESPLENDIT.
ET MOI ?
...

FIN

REGARDEZ, J'AI REÇU UNE LETTRE D'AMOUR
ÇA FAIT VIEUX JEU, NON ?
TOUT CONTENT
JE SUIS SÛR QUE C'EST UNE JOLIE FILLE QUI ME L'A ENVOYÉE.
...

LOVE LETT
妄想エレキテル
ELECTRIC DELUSION ACTE.7

QUOI ? VOUS ÊTES CURIEUX HEIN ?
BEN OUI, J'ÉTAIS PAS HOMO AVANT.
FLAP
FUMI, MON SUCCÈS T'INQUIÈTE C'EST ÇA ?
EN PLUS, ELLE A TRÈS BIEN SOIGNÉ SON ÉCRITURE ♡
EXCUSE-MOI DE T'AVOIR DONNÉ CETTE LETTRE SANS PRÉVENIR.
TU M'ÉNERVES DE PLUS EN PLUS.
Du calme.
GRAC
GRAC
EN PRINCIPE J'AURAIS DÛ ÉCRIRE UNE LETTRE AU GARÇON QUI M'INTÉRESSE,
MAIS J'AI EU PEUR QU'IL NE VEUILLE PAS LA LIRE.
...
POURRAIS-TU DEMANDER...
À MOTOKI DE ME REJOINDRE À...
16H...
AU PARC...

VLAM
MERDE !
ARF !
C'ÉTAIT POUR FUMI...
JE M'EN DOUTAIS.
YAMANA, LE BEAU GOSSE.
HÉ !
Il est mignon...
J'AI PRIS MES RÊVES POUR DES RÉALITÉS.
MAIS NON.
SSHH
TU ÉTAIS SI HEUREUX DE RECEVOIR CETTE LETTRE QUE TU M'EN AS MÊME PARLÉ.
EN FAIT, T'ES QU'UN CLOWN QUI A REÇU UNE LETTRE QUI NE LUI ÉTAIT MÊME PAS DESTINÉE.
ARGH
ARGH
C'était drôle.
HIII !
CE SOIR À 16H...
Pardon !

ME DIS PAS QUE TU AS L'INTENTION D'Y ALLER !!
T'es gay oui ou non ?
JE TE RAPPELLE QUE J'EXISTE !
OUI, J'IRAI.
ばたん
CLAC
ÇA DEVIENT INTÉRESSANT.
...

RHHÔÔ LE POSEUR !
GRR ギリ ギリ GRR GRR
IL SE PREND POUR LE MEC LE PLUS BEAU DU MONDE ?!
Il prend ses rêves pour des réalités.
COMME TOI, QUOI !
ON SAIT TOUS QUE FUMIHIRO A PLUS DE SUCCÈS QUE TOI.
NYA ニヤ ニヤ NYA
PUTAIN !
JE SAIS QUE JE SUIS LE PLUS BEAU !
NYA ニヤニヤ NYA
GRR ブツブツ GRR ブツブツ GRR
MOI JE TE PRÉFÈRE À FUMIHIRO.
Arf...
SHUN-PEI.

ガサ
SHIK
ガサ
SHIK
MERCI…
D'ÊTRE VENU,
MOTOKI.
HOO…
UN MEC ?!
BOUAHAHAHA !
…
Hé Hé Hé
BIEN FAIT POUR TOI !
UN MEC T'A ENVOYÉ UNE LETTRE D'AMOUR.
TU ES BÊTE.
FUMIHIRO EST GAY, ÇA TOMBE BIEN DU COUP.
Arch…
OUPS, J'AVAIS OUBLIÉ…

QUOI ? MAIS POURQUOI IL ROUGIT ?
HA ! IL EST CONNU ?
J'AI REPÉRÉ... TOUS LES BEAUX MECS.
AH, OK...
C'EST YÛSUKE HAGAMI, IL EST EN SECONDE.
IL EST GRAND !
HUM ?
FUMIHIRO A L'AIR GÊNÉ.
NORMAL, IL SE SENT OPPRESSÉ.

...
AHEM
HEIN ?
IL LUI A DIT OUI !
...
IL JOUE...
Hagami a l'air aux anges.
UN DOUBLE JEU !!
SOIS PAS BÊTE.
JE NE FERAIS PAS ÇA DEVANT TOI.

IL M'A DEMANDÉ DE POSER NU POUR LUI.
Hoo...
Ouf !
AH C'EST TOUT ?
J'ai eu peur.
EUH... POSER... NU... ?
PRÉSIDENT, POURQUOI TU RENTRES AVEC NOUS ?
JE VAIS CHEZ TOI.
...
すた TAP すた TAP
FUMI VA POSER NU...
キラ BLING キラ BLING
POUR UN ÉLÈVE DE SECONDE ?
AKINO...
?
TU NE RÉAGIS PAS COMME D'HABITUDE.
?
?
IL EST BEAU ?
MOINS QUE MOI.
DONC IL DOIT ÊTRE...
ドキドキ BOBOM BOBOM
MAGNI-FIQUE ♡
PASSIF ? ACTIF ?

QUOI ...
QU'IL EN SOIT,
LE FAIT QUE FUMI SE MONTRE NU DEVANT QUELQU'UN D'AUTRE ÉQUIVAUT À ÊTRE INFIDÈLE.
JE COMPRENDS TA RÉTICENCE,
MAIS DIS-TOI QUE L'ART N'A RIEN DE PERVERS !
UN ACTIF ...
PLUS JEUNE.
GNUP
SI TU L'ÉTOUFFES, TU OBTIENDRAS L'EFFET CONTRAIRE.
SOUTIENS-LE À 100%.
UN ACTIF ♥
T'EN ES SÛRE ?
CROIS-MOI !
BON...
À CONTRECŒUR.
JE VAIS ÊTRE GENTIL ET TE SOUTENIR.
MAIS POURQUOI TU AS ACCEPTÉ ?
TU N'AURAIS PAS DÛ !

HAGAMI A ÉTÉ... PLUTÔT...
EH BIEN...
INSISTANT.
GRR
EN FAIT,
Um...
GWIP
JE VOULAIS SEULEMENT RENDRE SHUNPEI JALOUX.
PAF
SMACK
SMACK
NOUS NOUS CONNAISSONS DEPUIS SI LONGTEMPS,
Ha...
Ha...

S'IL COMMENCE À FAIRE DES TRUCS LOUCHES,
TU LE FRAPPES ET TU T'ENFUIS !
QUE SHUNPEI...
A TENDANCE À AGIR COMME UN SIMPLE « AMI ».
OK...
GROC
HAN
HA...
NON !
PAS DE SUÇON...
DEMAIN JE VOIS HAGAMI.
TU M'APPARTIENS...
PIGÉ ?
SHUNPEI...
SHIK
AÏE !
SHIK
AÏE !
HA !
UH !

ARTS PLASTIQUES
ガラガラ
GRII GRII
.....
OH !
YAMANA ET LE PRÉSIDENT ?
ON VEUT ASSISTER À LA SÉANCE,
ÇA TE POSE UN PROBLÈME ?
NON, VOUS ÊTES LES BIENVENUS.

MERCI BEAUCOUP !
FUMIHIRO A ACCEPTÉ GRÂCE À TOI.
MERCI POUR CE QUE TU AS FAIT !
GWUP
HEIN ?
Tu poseras pour moi ?
...
AH OUI...
C'EST GENTIL.
デレ HU-HU
デレ HU-HU
...
BON...
AU BOULOT.
OUAIS OUAIS !
JE FAIS PLUTÔT DE LA SCULPTURE,
MAIS J'AIMERAIS FAIRE 2 OU 3 CROQUIS AVANT.
JE SCULPTE TON BUSTE DONC ENLÈVE SEULEMENT LE HAUT.
ガタ TAC
ガタ TAC
Pff
À MOITIÉ NU ?
NUL !!
GÉNIAL LA SCULPTURE !
Ho
...

SCRITCH
シャ…
シャ…
SCRITCH
SCRITCH
SCRITCH
DIS-MOI…
D'HABITUDE LES SCULPTEURS PRÉFÈRENT LES HOMMES MUSCLÉS.
POURQUOI MOI ?

SCRITCH
SCRITCH
IL Y A UNE SCULPTURE QUI S'APPELLE « AMOUR ».
JE L'AIME BEAUCOUP, SON CÔTÉ ANDROGYNE EST MAGNIFIQUE.
TON CORPS M'Y A FAIT PENSER.
TU AS DONNÉ VIE À « AMOUR ».
JE ME SUIS DIT « VOILÀ COMMENT BOUGE UN CORPS DÉLICAT ».
TU VOIS ?
JE PEN-SAIS...
À TA PEAU PÂLE...

À LA COULEUR QUE POUVAIENT AVOIR TES TÉTONS... ROSE PEUT-ÊTRE ?
...
Arf...
HÉ ! YAMANA...
T'ÉCOUTES CE BARATIN ?
CONCENTRÉ.
SHIK
SHIK
HEY !
Ha...
HA !
POURQUOI TU T'EN VAS ?

J'AI TENDANCE À FAIRE ÇA QUAND JE SUIS CONCENTRÉ SUR MON TRAVAIL.
Ha...
?!
J'AI DIT UNE BÊTISE ?
...
DÉSOLÉ, MAIS...
TU VEUX QUOI ?
ME FAIRE ROUGIR DE HONTE ?!
ON CONTI-NUERA...
UNE PROCHAINE FOIS.
ばた TAP
ばた TAP
ガラッ GRII

QU'EST-CE QUI LUI PREND ?
Moi qui étais à fond dedans...
...
FWIT
FWIT
J'ENVIE...
FWIT
CELLE QUI LUI APPARTIENT.
JE SUIS UN HOMME, JE NE POURRAI TOUCHER SON CORPS QU'AU TRAVERS D'UNE STATUE.
FWIT
RHAA
?!!

NE ME DIS PAS...
QUE TU T'INTÉRESSES À FUMI !
Connard !
CRÉ-TIN !
J'AIME SON CORPS, CAR IL RESSEMBLE À CELUI D'AMOUR.
N'IMPORTE QUOI !
C'est dégueulasse
C'EST BIEN CE QUI ME GÊNE.
DIS CE QUE TU PENSES YAMANA.
Ha Ha
GRR
ちら…
C'EST TROP TARD MAINTENANT, MOTOKI ME DÉTESTE. MAIS JE NE VOIS PAS LE RAPPORT AVEC TOI.
Ha Ha
UH.
UHU...
Ha.
C'EST MON AMI.
DONC ÇA ME REGARDE.

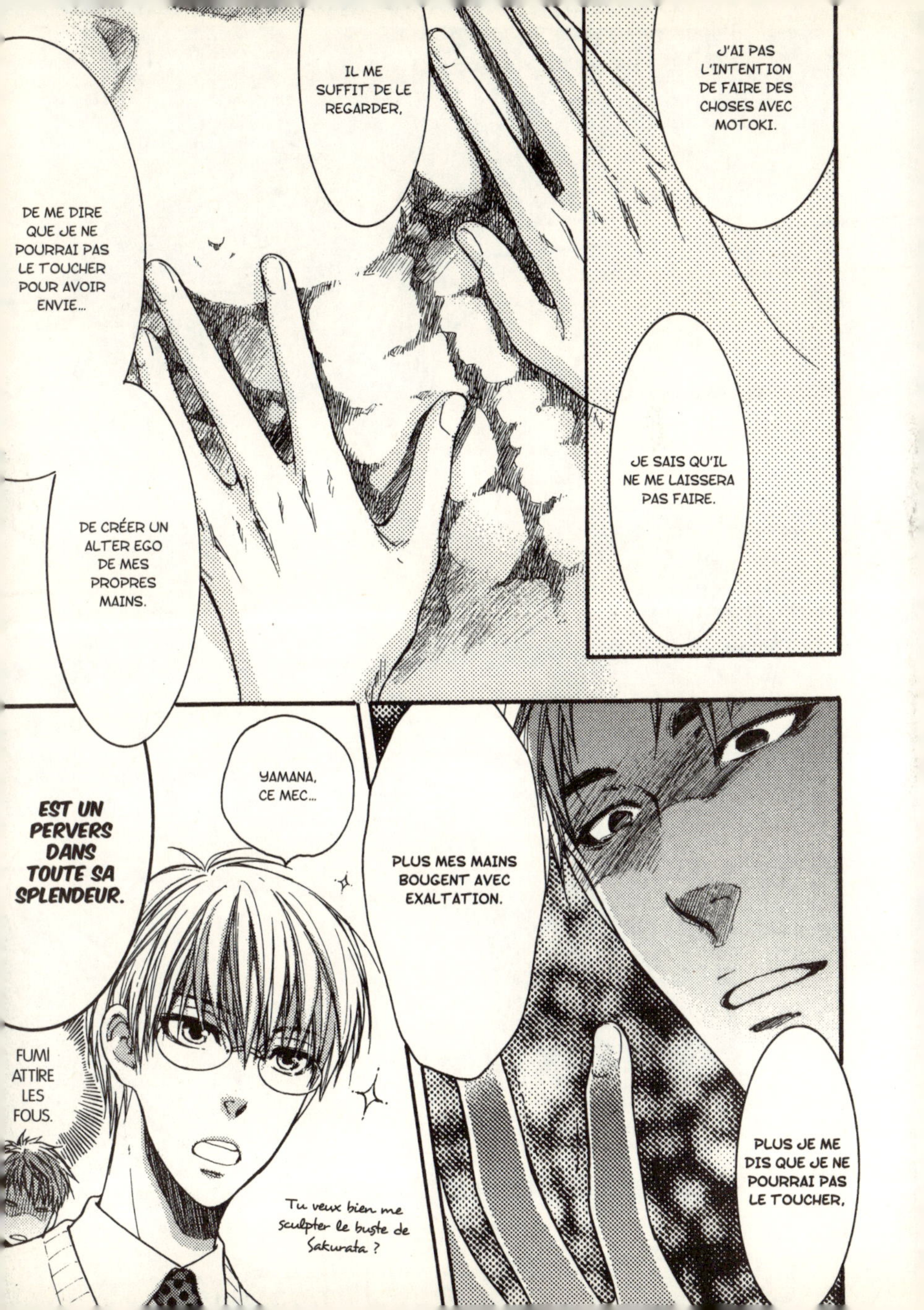
J'AI PAS L'INTENTION DE FAIRE DES CHOSES AVEC MOTOKI.
JE SAIS QU'IL NE ME LAISSERA PAS FAIRE.
IL ME SUFFIT DE LE REGARDER,
DE ME DIRE QUE JE NE POURRAI PAS LE TOUCHER POUR AVOIR ENVIE...
DE CRÉER UN ALTER EGO DE MES PROPRES MAINS.
PLUS JE ME DIS QUE JE NE POURRAI PAS LE TOUCHER,
PLUS MES MAINS BOUGENT AVEC EXALTATION.
YAMANA, CE MEC...
EST UN PERVERS DANS TOUTE SA SPLENDEUR.
Tu veux bien me sculpter le buste de Sakurata ?
FUMI ATTIRE LES FOUS.

JE COMPRENDS UN PEU CE QU'IL RESSENT.
T'ES PAS SÉRIEUX ?!
MOI AUSSI...
JE T'AI LONGTEMPS CONTEMPLÉ EN TE CACHANT MES SENTIMENTS.
J'ÉTAIS ...
SI PROCHE...

ET JE FAISAIS SEMBLANT D'ÊTRE TON AMI.
TU COMPRENDS ?
LA PREMIÈRE FOIS QUE JE T'AI TOUCHÉ APRÈS T'AVOIR AVOUÉ MES SENTIMENTS,
J'AVAIS L'IMPRESSION...
D'AVOIR DE L'ÉLECTRICITÉ AU BOUT DES DOIGTS.
BOBOM
J'AIMERAIS QUE TOI AUSSI TU RESSENTES CE FRÉMISSEMENT QUI PARCOURT TOUT LE CORPS.
Ha...
AH

JE NE VEUX PAS SEULEMENT QUE TU PRENNES DU PLAISIR,
BOBOM
MAIS QUE TON CŒUR AUSSI AIT ENVIE DE MOI.

QU'EST-CE QU'IL...
があああ
ああ
A ?
Arf...
KHAAA
DEMAIN... PENSE À MOI ET REGARDE-MOI COMME LE FERAIT HAGAMI.
REGARDE CE CORPS QUI T'A SOUVENT ÉTREINT.
HA ?
TU VAS CONTINUER À POSER POUR CE PERVERS ?
OUI.
ALORS JE TE CONSEILLE D'AVOIR VITE ENVIE DE MOI.
EN ATTENDANT, JE NE TE TOUCHERAI PLUS, MÊME EN TANT QU'AMI.

ET PENSE
À MOI...
JUSQU'À EN AVOIR UNE ÉRECTION.
ÇA FAIT LONGTEMPS QU'IL N'A PAS ÉTÉ AUSSI INTENSE.
REGARDE-MOI.
À SUIVRE

妄想エレキテル
ELECTRIC DELUSION ACTE.8

REGARDE-MOI...
ET PENSE À MOI JUSQU'À EN AVOIR UNE ÉRECTION.
IMBÉ...
CILE !
JE SUIS PAS UN PERVERS MOI !
TU NE FAIS QU'ÉLUDER LA QUESTION.
HEIN ?
JE M'INQUIÈTE...

JE TE FAIS MAL...
QUAND JE TE PÉNÈTRE.
HAA...
UH
TON CORPS NE M'ACCEPTE PAS COMPLÈTEMENT.
FUMI ! TU...
PAF
...
J'AI DIT... PAS DE CONTACT !
TU DOIS CHANGER ET OUVRIR LES YEUX.

MON BUT N'EST PAS D'ÊTRE L'AMI AVEC LEQUEL TU COUCHES DE TEMPS EN TEMPS.
...
JE COMPRENDS RIEN.
C'EST SÛR QUE J'AI MAL,
MAIS C'EST INÉVITABLE NON ?
C'est de ma faute ?
Muh
MOTOKI, YAMANA.
BONJOUR.
....

VOILÀ LE PERVERS.
BONJOUR.
Désolé pour hier.
DORÉNAVANT JE FERAI ATTENTION DE NE PAS DIRE DE BÊTISES.
TIENS.
FLL
LE DESSIN QUE J'AI FAIT HIER.
OUAH !
ON DIRAIT UNE MINIATURE DE FUMI.

Ha Ha Ha
EN FAIT,
COMME FUMI EST PARTI VITE, J'AI FINI LE CROQUIS DE TÊTE.
J'AI PASSÉ LA NUIT DESSUS.
FWIT
COMME TU AS UNE OSSATURE TRÈS FINE,
TES CLAVICULES ET TES ÉPAULES SONT JOLIES.
EUH...
JE N'AIME PAS TROP QUE TU UTILISES DES MOTS COMME « JOLI », C'EST TROP FÉMININ.
KSHH
KSHH
HA ! PAR-DON.
HUM ?
C'EST QUOI ? UNE TACHE ?
...
NON, UN GRAIN DE BEAUTÉ.
COMME LA PEAU DE FUMI EST BLANCHE, ILS RESSORTENT BIEN.
Je les ai dessinés malgré moi.

JE REVOIS SON GRAIN DE BEAUTÉ SOUS SON AISSELLE, PARFOIS VISIBLE, PARFOIS NON...
ET LÀ, J'AI LA MAIN QUI CHAUFFE.
JE NE PEUX PAS M'EMPÊCHER DE ME DEMANDER SI « AMOUR » AVAIT LE MÊME...
...
ZYEUTE
HA...
PAR-DON.
VIM
JE NE FERAI PAS LES MÊMES ERREURS, ALORS ACCEPTE DE POSER POUR MOI.
BOOH
...
YAMANA, POURQUOI TU FRONCES LES SOURCILS COMME ÇA ?
KATA-YAMA ?

TU NE SERAIS PAS...
AMOUREUX DE MOI ?
...
T'ES GLAUQUE LÀ !
SI JE TE DEMANDAIS D'AVOIR UNE ÉRECTION...
EN PENSANT À MOI,
TU FERAIS QUOI ?
T'AS ...
UN HUMOUR BIZARRE...
KATAYAMA, JE SUIS TRÈS SÉRIEUX !
OUAH !
RÉPONDS-MOI !
VLAM
PAF

...
すう…
SSSH
JE MOURRAIS.
Pauvre mec !
La ferme ! j'ai vraiment du mal à te suivre parfois !
J'AI ÉTÉ SOULAGÉ QUE TU ACCEPTES DE CONTINUER.
PETIT À PETIT J'AI COMPRIS QUE C'ÉTAIT DANS TA NATURE D'AGIR COMME ÇA.

MA NATURE ?
LAISSE TOMBER.
YAMANA, TU NE DESSINES PLUS MONSIEUR MUSCLE ?
SOIS PAS IRONIQUE !
AUJOURD'HUI TU POSERAS DIFFÉREMMENT.
SSHH
...
FLAP
IL Y A TELLEMENT DE SOUS-ENTENDUS DANS SA FAÇON DE SE DÉSHABILLER...
...
ARGH

PENSE À MOI.
ET REGARDE-MOI...
COMME LE FERAIT...
HAGAMI.
IL VEUT QUE JE LE REGARDE ?
MAIS JE LE FAIS DEPUIS NOTRE ENFANCE.
HA !
C'EST VRAI.
IL A UN GRAIN DE BEAUTÉ SOUS L'AISSELLE.
« SHUN... »
TOUT CE TEMPS, JE LE REGARDAIS COMME UN AMI.

C'EST ABSUR-DE...
D'AVOIR ENVIE DE LUI RIEN QU'EN LE REGARDANT.
FUMIHIRO.
BAISSE UN PEU LES ÉPAULES.
....
HA...
GWI
ENSUI-TE...
HUH
TOURNE UN PEU...
TA MÂCHOIRE.
C'EST BIEN COMME ÇA.

CETTE NUQUE...
FWIT
ビク
HUH
CETTE LIGNE ET CETTE LÉGÈRE COURBE DES AISSELLES.
FRRT
KWIK
C'EST VRAIMENT TRÈS JOLI.
UAH !
HAH
HEIN...
ななな
Qu'est-ce...
QUI VIENT DE SE PASSER ?
Ha

...
HA !
KHAA
IL A AIMÉ QUE HAGAMI LE TOUCHE OU QUOI ?
TOI, LÀ...
Hu Hu
T'AS BIEN PROFITÉ.
Je savais que t'allais dire ça.
J'ÉTAIS SURPRIS C'EST TOUT.
En tout cas,
IL T'A TOUCHÉ EXPRÈS.
HEIN ?

YAMANA EST RESTÉ AVEC HAGAMI, JE ME DEMANDE CE QU'ILS SE RACONTENT.
HAGAMI ! FAUT QU'ON PARLE.
JE VOUS ENVIE, VOUS ALLEZ VOUS RÉCONCILIER SUR L'OREILLER.
PEUT-ÊTRE BIEN, MAIS...
QUOI ?
TU AS OSÉ LUI FAIRE CE GENRE DE DEMANDE ?
TU VEUX MOURIR FRUSTRÉ ?
TU CROIS...
QUE J'EN EXIGE TROP ?

QU'Y A-T-IL DE MAL À LE FAIRE BANDER EN LE TOUCHANT ?
LE CHAT N'A PAS À SE PLAINDRE.
TU LE METS SUR UN PIÉDESTAL.
...
JE CROIS QUE JE NE SUIS PLUS SATISFAIT PAR CETTE RELATION.
LES DÉSIRS DES HOMMES SONT SANS BORNES.
AU DÉBUT LA RELATION PHYSIQUE...
ME CONVENAIT, MAIS...
ARTS PLASTIQUES

HAGAMI !
OUI !
EST-CE QUE TU ES...
HOMO ?
...
JE N'AIME PAS M'ENFERMER DANS DES CASES.
RÉPONDS PLUS CLAIRE-MENT !

IL M'ARRIVE DE TOMBER AMOUREUX D'HOMMES COMME DE STATUES.
TU VOIS ?
GRR
ビキ
JE VOIS RIEN !
GRR
ビキ
TU TOUCHES FUMI DE FAÇON TROP INTIME.
MAIS...
EN QUOI ÇA TE REGARDE ?
ÇA ME REGARDE PARCE QUE C'EST MON MEC !

FUMI EST À MOI !
C'EST POUR ÇA QUE JE M'EN MÊLE ET QUE JE TE DEMANDE DE NE PLUS LE TOUCHER COMME TU LE FAIS !
TU SAISIS ?
ALORS C'ÉTAIT ÇA ?
Hum...
Alors il n'a rien contre les hommes.
ÇA M'ARRANGE.
PURÉE ! IL S'ACCROCHE !
ÇA N'A RIEN À VOIR AVEC MON SEXE, FUMI EST ÉPERDUMENT AMOUREUX DE MOI UN POINT C'EST TOUT.
IL N'Y A PAS DE PLACE POUR TOI.

...
J'AI COMPRIS...
EXCUSE-MOI.
C'ÉTAIT QUOI...
CE SOURIRE EFFRONTÉ ?
C'ÉTAIT SINISTRE.
とぼ TAP
とぼ TAP

SHUN-PEI...
DE QUOI AS-TU PARLÉ AVEC HAGAMI ?
JE LUI AI DIT QUE NOUS SORTIONS ENSEMBLE.
HEIN ?
Y FALLAIT PAS ?
C'EST PAS GRAVE.
HUM
MAIS DIS-MOI...
SES MAINS...
NE T'ONT PAS LAISSÉ INDIFFÉRENT.
DÉSOLÉ.
Haa

LE FAIT...
QU'IL TRAVAILLE LA PIERRE...
RENDS SES DOIGTS RUGUEUX.
SON GESTE M'A SURPRIS.
GRR
WOH
?!
VAM
ARRÊTE !
TU AS PROMIS DE NE PLUS ME TOUCHER !
TU NE RÉAGIS PAS DE LA MÊME MANIÈRE QUAND C'EST MOI QUI T'EFFLEURE.

FRRT
TU ES CENSÉ M'AIMER, MAIS ÇA NE TE FAIT RIEN QUAND JE TE TOUCHE.
C'EST BIZARRE NON ?
ÇA NE ME FAIT PAS MARRER...
DE TE VOIR T'EXCITER QUAND UN MEC LAMBDA TE TRIPOTE.
SSHH
JE SUIS...
DÉSOLÉ.
ET TU VAS ARRÊTER DE POSER POUR LUI.
OK ?
OUI...
PAT

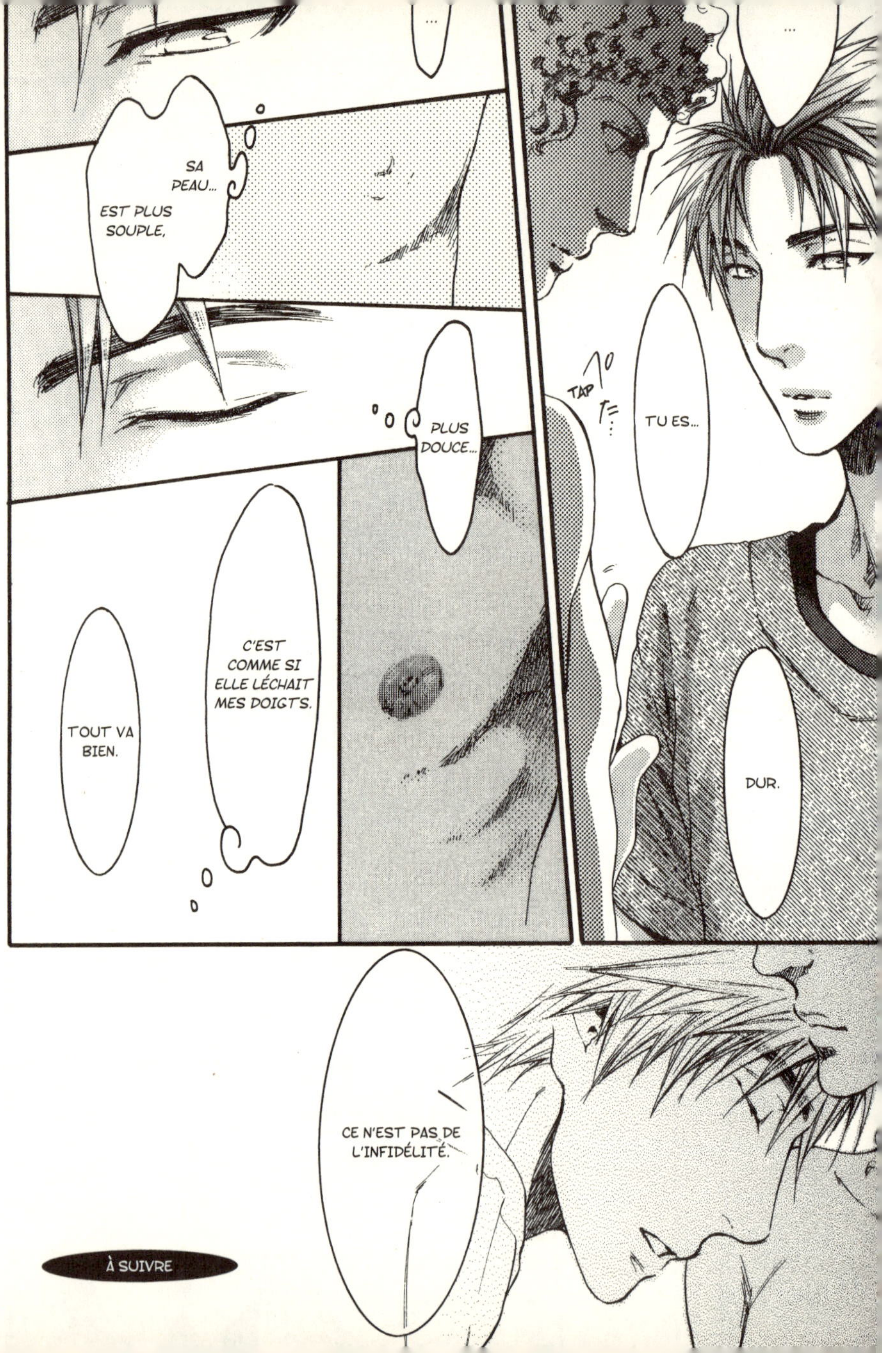
...
TAP
TU ES...
DUR.
...
SA PEAU... EST PLUS SOUPLE,
PLUS DOUCE...
C'EST COMME SI ELLE LÉCHAIT MES DOIGTS.
TOUT VA BIEN.
CE N'EST PAS DE L'INFIDÉLITÉ.
À SUIVRE

AMIS D'ENFANCE
ÇA ME REND NOSTALGIQUE.
Hu Hu
REGARDE...
TU ÉTAIS SI MIGNON
UN CHIEN TE POURSUIVAIT ET TU ES TOMBÉ.
Pleurnichard.
C'est toi qui es mignon.

OUAH !
FUMI TU ÉTAIS TROP ADORABLE
HOP
C'était nul, on me prenait tout le temps pour une fille.
HA !
TU ES LOURD.
J'AI ÉTÉ CHOQUÉ LA PREMIÈRE FOIS QUE J'AI VU TON PÉNIS.
DÉSOLÉ...
MAINTENANT JE NE SUIS PLUS MIGNON.
Hmm...
NYA NYA
MIGNON OU PAS,
À L'ÉPOQUE, JE NE M'IMAGINAIS PAS...
QUE TU DEVIENDRAIS LE PERVERS QUE JE CONNAIS MAINTENANT.

REGARDE...
C'ÉTAIT LE JOUR DE LA RENTRÉE AU COLLÈGE.
ET TU NE VOULAIS PLUS PRENDRE TON BAIN AVEC MOI.
TU NE VOULAIS PAS ME MONTRER TES POILS.
« ON N'EST PLUS DES ENFANTS ! »
Hi Hi Hi
DUR D'IMAGINER...
Que tu étais un grand timide.
J'AI ÉTÉ CHOQUÉ À L'ÉPOQUE.
TU COMMENÇAIS À TE COMPORTER BIZARREMENT.
JE N'AVAIS PAS LE CHOIX.
J'AVAIS DU MAL À ACCEPTER MES SENTIMENTS.
JE ME PRENAIS BEAUCOUP LA TÊTE.
...

C'ÉTAIT DUR. AU LIEU D'ACCEPTER MA PROPRE SEXUALITÉ,
JE FAISAIS TOUT POUR NE PAS ÊTRE SÉPARÉ DE TOI.
SNIF
うるる
TU ME CONSIDÉRAIS COMME TON MEILLEUR AMI ET J'AVAIS LE SENTIMENT DE TE TRAHIR.
FU...
FUMI...
むぎゅ
ぎゅ〜
FUMI !
HEIN ?
JE VAIS TE RENDRE HEUREUX...
POUR COMPENSER CETTE ÉPOQUE.
LA MOITIÉ DE CE QUE J'AI DIT EST VRAI,
MAIS LÀ J'EN RAJOUTE.
MERCI.
Hu Hu

JE SAIS TRÈS BIEN COMMENT FAIRE...
POUR QUE SHUNPEI ME CHOUCHOUTE.
HA.
ON A OUBLIÉ AKINO...
Ha
...
しゅん…
SSHH
OUI.
JE...
SAIS.
...
...
すう…
SSFF
...
...

Fumi, sois plus discret.
C'EST PAS GRAVE...
RIEN QU'UN PEU ♡
SMACK
SMACK
VOILÀ.
AH !
OUI...
QUAND JE FAIS ÇA, IL FOND DIRECTEMENT.
HO !
VLAM
Chut
SHUPEI, NE FAIS PAS DE BRUIT.
JE VAIS TE FAIRE JOUIR.
Hein ?
ENCORE ?
NON
HA !
ARRÊTE DE ME TOUCHER LÀ !
SHIK
HAA !
C'EST TROP SENSIBLE.
JE FAIS QUOI ALORS ?
DES BISOUS ?
Tu peux...
TOUCHER...
MES TÉTONS AUSSI.

TU GARDES TES VÊTEMENTS ?
T'ES SÛR ?
FROT
FROT
OH... NON...
Ha
Ha
Ha
MH...
HA !
ZIP
ZIP
J'OUVRE... TA BRAGUETTE ?
C'EST PIRE QU'AVANT !
HAN
S...
... STOP !
?!
HEIN
PSST
ON... VA...
DANS TA CHAMBRE ?
J'en peux plus
LA SUITE SUR LA COUVERTURE.

ATTENTION !

Cette bande-dessinée est publiée
dans son sens de lecture original japonais,
les bulles se lisant de droite à gauche.
Vous êtes donc ici à la FIN !

Originally published in Japan in 2011 by CORE MAGAZINE CO., LTD., Tokyo.
French translation rights arranged with CORE MAGAZINE CO., LTD., Tokyo,
through TOHAN CORPORATION, Tokyo

Dépôt légal à parution
ISBN 978-2-35180-730-9

Directeur de collection : Yves Huchez

Traduction : Nesrine Mezouane
Correction et adaptation : Marie Hervé

Conception graphique : Jef.Mod
Adaptation graphique et lettrage : Virginie Houdelet

Imprimé en France par Imprimerie Jouve